QUAND SURGIT L'AMOUR

SAGA DE L'ÎLE DE GANSETT, TOME 10.5

MARIE FORCE

Quand Surgit L'Amour
Saga de l'île de Gansett, Tome 10.5
Par : Marie Force
Publié par HTJB inc.
Copyright 2020. HTJB inc.
ISBN: 978-1952793141

Couverture : Kristina Brinton
Formatage : E-book Formatting Fairies
Traduit de l'américain par
Élisabeth Bataille

marieforce.com

La meilleure façon de rester en contact est de vous abonner à ma lettre d'information. Il suffit pour cela de vous connecter à *marie@marieforce.com*. Inscrivez-vous dans l'espace dédié en haut de l'écran où sont demandés vos nom et adresse e-mail. Si vous ne recevez pas régulièrement de mes nouvelles, n'oubliez pas de vérifier dans les messages indésirables et répertoriez mon adresse afin qu'elles vous parviennent et pour ne pas manquer une nouvelle parution. Vous pourrez ainsi peut-être gagner de beaux cadeaux.

L'île de Gansett

Livre 1: Quand on est fait pour l'amour
(Maddie & Mac)
Livre 2: Quand on est fou d'amour
(Joe & Janey)
Livre 3: Quand on est prêt pour l'amour
(Luke & Sydney)
Livre 4: Quand on rencontre l'amour
(Grant & Stephanie)
Livre 5: Quand on espère l'amour
(Evan & Grace)
Livre 6: Quand vient la saison de l'amour
(Owen & Laura)
Livre 7: Quand on aspire à l'amour
(Tiffany & Blaine)
Livre 8: Quand on attend l'amour
(Adam & Abby)
Livre 9: Quand Vient le Temps de l'Amour
(Daisy & David)
Livre 10: Quand on est Destiné à l'Amour
(Jenny & Alex)
Livre 10.5: Quand Surgit L'Amour
(Jared & Lizzie)

NOTE DE L'AUTEURE

Vous êtes-vous demandé ce que j'ai fait pendant mes vacances de Noël ? Plus la peine ! J'étais sur l'île de Gansett avec Jared James, le milliardaire au cœur brisé. Nous avons fait la connaissance de Jared dans le tome 9 de la saga : *Quand vient le temps de l'amour.* David et Daisy ont enfin rencontré l'insaisissable propriétaire de l'appartement loué par David ; il est arrivé sur l'île pour y chercher refuge après que son amie a décliné sa demande en mariage. Nous l'avons suivi dans le tome 10 : *Quand on est destiné à l'amour,* lorsqu'il retrouve une amie de l'université Wharton, Jenny Wilks. Les lecteurs avaient hâte d'en savoir plus au sujet de la femme qui a brisé le cœur de Jared. Et ils voulaient découvrir ce que je lui réservais. Plus je réfléchissais à son histoire, plus ce que je devais faire me paraissait évident. J'espère que vous apprécierez cette courte visite à quelques-uns des amis de l'île de Gansett, qui met en scène un nouveau couple.

J'ai la chance d'avoir la plus formidable « équipe » avec moi, si bien qu'ayant terminé un roman pendant les vacances de Noël, je peux le faire tourner à des lecteurs deux semaines plus tard. Un million de mercis à Julie Cupp, chef de projet certifié événementiel qui gère mes affaires de façon incroyable ; Lisa Cafferty, expert-comptable, mon amie de longue date et, depuis peu, ma nouvelle directrice financière, celle qui me permet de dormir la nuit ; Holly Sullivan, ma chère amie et acolyte pour l'éducation des enfants ; Isabel Sullivan, ma formidablement adorable nièce et son bébé, Harper, qui me fait sourire follement chaque fois que je le vois ; Nikki Colquhoun, la meilleure amie pour la vie de Julie, qui est devenue aussi mon amie ; et Cheryl Serra, mon amie depuis plus de vingt-cinq ans, qui s'occupe maintenant de mes relations publiques avec un humour qui est sa marque de fabrique. Je vous aime toutes et je suis ravie de travailler chaque jour avec un grand nombre de mes amies préférées. Grâces soient rendues également à mes formidables bêta-lectrices, qui sont si précieuses pour moi : Ronlyn Howe, Kara Conrad, Anne Woodall et Holly Sullivan.

En plus de mon équipe personnelle, j'ai rassemblé un groupe de professionnels formidables et extraordinaires qui quittent tout pour moi à chaque fois que j'ai besoin d'eux. Ma gratitude va à *l'extraordinaire*[1] conceptrice de couvertures, Kristina Brinton ; ma fabuleuse éditrice, Linda Ingmanson, qui me suit depuis le premier de mes neuf livres autopubliés ; et Joyce Lamb, ma nouvelle et véritablement remarquable correctrice d'épreuves. Vous toutes, mesdames, êtes les MEILLEURES et je suis enchantée de travailler avec vous.

Des remerciements particuliers à ma famille : – Dan, Emily, Jake et mon père, George, qui s'est moqué de moi : j'avais eu une date butoir très exigeante à tenir pour le 20 décembre, mais ai décidé d'occuper mes « vacances » en « me détendant » avec l'écriture d'un roman sur l'île de Gansett. Chaque minute que je passe sur cette île est une joie pour moi et je suis tellement reconnaissante aux lecteurs qui continuent à me suivre pour chaque nouvelle aventure que je fais surgir comme dans un rêve.

Bonne nouvelle année !
Je vous embrasse
Marie

-----

1. En français dans le texte. (N.D.T.)

CHAPITRE 1

Il est grand temps que j'arrête de me morfondre. Telle fut la pensée avec laquelle Jared James se réveilla le quarantième jour après que l'amour de sa vie eut décliné sa demande en mariage.

Ce vendredi matin de la fin juillet, le bruit des mouettes et des vagues qui s'abattaient contre les rochers devant sa propriété sur l'île de Gansett éveilla Jared ; avec en tête ce changement vraiment important qui devait mettre fin à son éloignement de la vie réelle. Comme chaque matin, il pensa à son amie, Elisabeth – avec un « s » disait-elle toujours. Son ancienne amie, à présent...

Il l'avait rebaptisée Lizzie, un petit nom qu'elle avait toujours détesté jusqu'à ce qu'il décide qu'elle était *sa* Lizzie. Avec le temps, il l'avait convaincue qu'elle l'aimait autant qu'elle l'aimait, lui. Comme il le faisait chaque jour depuis que tout avait déraillé, il pensa à la soirée où il l'avait emmenée dans un restaurant situé sur un toit de Manhattan, privatisé pour eux deux. Il se souvint de sa demande en mariage qu'il avait soigneusement préparée, de la surprise et du désarroi terribles sur son visage lorsqu'elle avait compris ce qu'il demandait.

Elle avait secoué la tête, d'une façon qui signifiait *non* dans toutes les langues qu'il parlait. *Elle avait véritablement dit non.* C'était ce qu'il n'arrivait toujours pas à croire plus d'un mois après. Il ne l'avait pas du tout anticipé. Il n'avait pas pensé une seconde qu'elle dirait non. Lorsqu'il avait mis un genou à terre, il avait imaginé une réaction tout à fait différente. Il s'attendait à ce qu'elle accepte en pleurant, puis ils se seraient embrassés, serrés dans les bras l'un de l'autre et auraient dansé.

Il y avait du champagne au frais pour une fête qui n'avait pas eu lieu. L'avion privé de sa société attendait à Teterboro[1] pour l'emmener presque d'un coup d'aile à Paris – un long week-end romantique. Elle avait toujours voulu y aller et il était prêt à réaliser tous ses rêves, en commençant par celui-là.

Elle avait dit *non*.

Il n'avait pas entendu grand-chose de ce qu'elle avait dit après avoir secoué la tête en réponse à la demande passionnée de Jared. Le mouvement négatif de sa tête l'avait frappé comme un coup de poing à l'estomac. Il y avait eu des pleurs, pas du genre heureux qu'il avait espéré, mais plutôt de chagrin, ceux que l'on verse quand tout se met à tourner mal. Il connaissait ce genre de larmes. Il en avait versé beaucoup au cours des cinq dernières semaines.

En trente-neuf ans, il n'avait jamais pleuré à cause d'une femme avant de donner enfin son cœur, et cela pour le voir réduit en morceaux après la meilleure année qu'il ait jamais vécue. Il se souvenait vaguement de s'être levé, d'avoir regardé fixement son visage baigné de larmes tandis qu'elle continuait à secouer négativement la tête en essayant de se faire comprendre.

Mais il n'avait pas entendu un mot de ce qu'elle avait dit. Ce n'était que du bruit qui refusait de pénétrer le brouillard qui s'était infiltré dans son cerveau. Il était parti et avait pris un taxi jusqu'au garage où se trouvait sa voiture. Il avait conduit pendant des heures et pris le premier ferry de la journée ; il s'était réfugié dans la maison achetée sur l'île de Gansett deux ans plus tôt et où il n'avait pour ainsi dire jamais mis les pieds. Il avait été trop occupé pour passer un moment sur l'île.

Maintenant, il n'avait que du temps à lui parce qu'il avait pris un congé illimité de son travail.

Lizzie l'avait appelé à plusieurs reprises depuis cette soirée, mais il n'avait pas répondu. Cela avait-il de l'importance à présent ? Que pourrait-elle dire qui fasse une différence ? Il avait effacé ses messages sans les écouter. La dernière chose dont il avait besoin, c'était d'entendre sa voix et de se retrouver à la case départ, lorsqu'il se demandait sincèrement s'il pourrait continuer à respirer sans elle.

Oui, il était devenu une loque et il en avait ras le bol de se voir ainsi. Marre de lui-même. Il se leva, passa un bermuda et un débardeur, glissa ses pieds dans une vieille paire de Nike et sortit courir sur la plage, quelque chose qu'il faisait presque tous les jours depuis qu'il était arrivé sur l'île. À quoi servait-il d'avoir une propriété en bord de mer si on ne profitait pas de cette possibilité ?

Il n'avait pas pris le temps d'apprécier les nombreux avantages qu'offraient les milliards de dollars gagnés avant son trente-cinquième anniversaire. Il avait été trop absorbé à faire de l'argent pour profiter de ce qu'il avait déjà accompli. Ces jours-là étaient terminés, eux aussi. Pendant les semaines passées sur l'île, pour la première fois, il avait pu *respirer* – ce qu'il n'avait plus fait depuis… il ne s'en souvenait même pas. Oubliée, la pression constante du travail, du travail et encore du travail ; il avait découvert qu'il n'avait pas la moindre vie en dehors du boulot.

Il n'avait pas un seul passe-temps, pas non plus beaucoup d'amis en dehors des relations professionnelles. Ses clients figuraient parmi ses amis les plus proches. Est-ce que ce n'était pas inconcevable ? Lizzie avait été une exception. Il l'avait rencontrée lors d'une soirée caritative au bénéfice du foyer de sans-abri qu'elle dirigeait pour des femmes et enfants en danger. L'un des membres de son entreprise l'avait persuadé de sponsoriser l'événement, et c'est ainsi qu'il s'était retrouvé en costard, un mercredi soir, arpentant la salle de bal du Ritz-Carlton sur Central Park.

Devrait-il vivre éternellement, Jared n'oublierait jamais la première fois qu'il l'avait vue. Il parlait avec quelques amis, des hommes qu'il côtoyait dans la foire d'empoigne des finances, et son regard qui balayait la salle avait atterri sur elle. Elle portait du noir – moulant et sexy – qui mettait en valeur ses courbes délicates.

Cependant, ses atouts féminins, aussi captivants fussent-ils, n'avaient pas été ce qui lui avait fait quitter sa conversation au beau milieu d'une phrase. Non, c'était son sourire et la manière dont il illuminait tout son visage qui lui avaient fait traverser la salle bondée, comme un aimant attiré par le plus précieux des métaux.

Pourquoi est-ce que je pense à ça ? se demanda-t-il en enfonçant l'empreinte de ses pieds dans le sable. *Je ne veux plus penser à elle, revivre chaque minute passée avec elle. C'est fini et il est temps de l'accepter, d'arrêter de me comporter comme un idiot qu'on mène à la baguette, pathétiquement ridicule. Elle ne te veut pas. Il y en a beaucoup d'autres qui te désirent.*

Sauf que... Il ne voulait personne d'autre. Il n'avait jamais désiré personne autant qu'il avait besoin d'elle et il allait falloir beaucoup plus que quarante jours pour qu'il ne ressente plus autant ce manque. Mais cela ne voulait pas dire qu'il devait tourner en rond d'ici là, comme une tête de nœud d'amoureux transi.

Il ne fit pratiquement pas attention au magnifique panorama qui s'ouvrait devant lui avant d'atteindre la borne kilométrique et de faire demi-tour ; un plan se formait dans sa tête pendant qu'il courait. Il allait inviter quelques personnes à dîner. Ils feraient un barbecue comme les gens normaux en faisaient à cette époque de l'année. David et Daisy viendraient et il inviterait Jenny Wilks et son fiancé, Alex Martinez. Il leur dirait d'amener d'autres amis qui pourraient apprécier un steak à l'œil et quelques bières.

Des gens, pensa-t-il. C'était ce dont il avait besoin. David et Daisy s'étaient montrés exceptionnellement amicaux et pleins de sollicitude avec lui, l'entraînant à de nombreuses fêtes nocturnes et faisant de lui leur compère officiel. Le moins qu'il pouvait faire, c'était de leur préparer un dîner pour les remercier de leur extraordinaire gentillesse pendant qu'il soignait son cœur brisé.

Il s'arrêta en bas des marches qui conduisaient à sa maison, plié en deux pour reprendre son souffle, puis monta lentement l'escalier, traversa la pelouse qui longeait la piscine encore jamais utilisée. Quelqu'un venait chaque semaine du continent pour s'en occuper. Il était peut-être temps qu'on nage vraiment dans cette eau cristalline dont l'entretien lui coûtait une fortune.

Il attrapa l'ourlet de son débardeur et s'en servit pour essuyer la sueur de son visage. Lorsqu'il laissa retomber le T-shirt, il aperçut David qui descendait l'escalier de son appartement au-dessus du garage.

— Tu pars sauver des vies, docteur ? plaisanta Jared.

Son ami portait un pantalon kaki et une chemise bleue – ce que Daisy appelait son uniforme de médecin.

— Eh oui, répondit David, son visage s'éclairant du sourire chaleureux qui était devenu familier à Jared au cours des dernières semaines.

— Dis-moi, pourquoi vous ne viendriez pas, Daisy et toi, pour un barbecue ici ce soir ? Vous pourrez nager et manger un steak. Si ça vous tente.

David le regarda d'un air sceptique.

— Qui fait la cuisine ?

— Moi, répondit Jared d'un ton indigné. Je ne suis pas complètement nul.

Riant, David répliqua :

— Sans commentaire. Daisy voudra savoir comment contribuer.

— Pas la peine d'apporter quoi que ce soit.

— Elle ne va pas être d'accord. Que dirais-tu d'une salade ?

— Parfait.

Jared avait fait la connaissance de Daisy quelques semaines plus tôt et savait reconnaître plus fort que lui.

— Voilà qui me paraît bien.

— Super. Quelle heure ?

— 18 h 30 ?

C'était une bonne heure pour un barbecue, non ?

— On sera là.

— Si vous pensez à d'autres personnes que vous voulez amener, n'hésitez pas.

— Peut-être que je vais demander à Victoria, qui travaille à la clinique. Elle est amusante.

— Ce n'est pas un plan pour me caser ?

David rejeta la tête en arrière et éclata de rire.

— Pas vraiment. Elle est tout feu, tout flamme pour un Irlandais.

— Dis-lui de l'amener aussi.

— D'accord.

David le regarda attentivement.

— Tu as l'air d'aller mieux.

— Je pense que c'est plutôt que j'en ai marre de me sentir comme une merde. On s'en fatigue après un moment.

— Oui.

David lui avait raconté par quoi il était passé après avoir fait foirer sa relation avec sa fiancée ; par la suite, il avait dû rester en retrait et la regarder en épouser un autre.

— Est-ce que ça cesse jamais de faire un mal de chien ? demanda Jared.

— Un jour, peut-être.

Les mains sur les hanches, Jared fit un signe de tête.

— Bon à savoir. On se voit ce soir ?

— On viendra. Merci de l'invitation.

— Merci pour tout. Daisy et toi avez été… Vous avez été formidables. Vraiment.

— Je suis heureux d'avoir enfin fait la connaissance du type à qui j'envoie mes chèques pour le loyer après tout ce temps, fit David en souriant.

Il se dirigea vers sa voiture en adressant un signe à Jared.

S'accrochant à l'optimisme avec lequel il s'était réveillé, Jared alla rincer transpiration et sable sous la douche extérieure. Cela faisait trois ans qu'il avait acheté la maison, mais il n'avait découvert cette commodité qu'en arrivant, au début de l'été.

— Je dois me rappeler comment profiter de la vie, murmura-t-il debout sous l'eau fraîche.

Il leva les yeux vers les rayons brillants du soleil. En dehors des moments incroyables qu'il avait passés avec Lizzie, il avait donné tout ce qu'il avait à son travail depuis si longtemps qu'il avait oublié le plaisir simple d'une course à pied sur le sable de bon matin. Il était tout à fait possible qu'il ne se remette jamais d'avoir perdu Lizzie, mais cela n'avait pas de sens de gâcher ce qui lui restait à vivre à cause de son refus.

Tout récemment, il avait renoué avec Jenny Wilks, une jeune femme qu'il avait connue à Wharton, une école de l'université de Pennsylvanie où ils avaient étudié pour leur Master en Administration des entreprises. Jenny avait perdu son fiancé, Toby, que Jared connaissait aussi à la fac, dans les attaques du 11 septembre sur New York. Au souvenir de la mort prématurée de Toby, Jared se sentit coupable de passer des journées magnifiques d'été en pleurant une femme qui clairement ne lui rendait pas l'amour qu'il lui portait.

Jared s'était installé sur une chaise longue au bord de la piscine et laissait le soleil chaud le sécher tout en planifiant sa journée. D'abord, arrêt à l'épicerie. Puis, chez le marchand de liqueurs. À quand remontait la dernière fois où il était entré dans ce genre de magasin ? Il ne pouvait s'en souvenir. À New York, il avait du personnel de maison qui se chargeait pour lui de ce genre de choses. Ici, sur l'île, sa femme de ménage avait commencé à apporter des provisions quand elle s'était rendu compte qu'il ne mangeait pas assez de quoi que ce soit, tandis qu'il soignait son cœur brisé.

— Marre d'être un raté pathétique.

Il se leva pour s'habiller et sortir faire ses courses. Il avait une fête à préparer.

Alors qu'il était en route pour le centre-ville, l'attention de Jared fut attirée par une pancarte devant la propriété des Chester-field : « PROPRIETE A VENDRE ». Il avait lu l'annonce dans la *Gazette de Gansett*. Le domaine de vingt hectares était en vente depuis pas mal de temps et il se sentait évidemment curieux, surtout depuis qu'il avait entendu Alex et Jenny en parler.

Comme il avait la journée devant lui avant l'arrivée de ses invités, il décida de céder à la tentation et prit la longue allée qui menait à l'immense demeure en pierre dominant la côte atlantique.

Jared avait déjà vu des maisons incroyables, il avait été invité dans quelques-unes des propriétés les plus exceptionnelles situées en bord de mer dans les Hamptons, mais il n'en avait encore jamais vu une comme celle-là. Une femme blonde, vêtue d'un élégant tailleur noir se tenait près de la porte. Jared remarqua qu'elle lui lançait un coup d'œil rapide, parce qu'il était habillé d'un pantalon de treillis décoloré et d'une vieille chemise polo ; de prime abord, elle l'avait jugé inintéressant.

Une part de lui aurait voulu lui dire qu'il pourrait acheter la propriété mille fois s'il le désirait, mais il résista à la très forte envie de se vanter et prit la brochure qu'elle lui tendait.

— Visitez à votre aise, déclara-t-elle avec un sourire pincé et désabusé.

— Merci.

Jared avait la maison pour lui tout seul et il se promena dans les pièces spacieuses et claires. Dans la brochure, il nota qu'Harold Chesterfield, le magnat du pétrole, avait fait construire cette résidence d'été en 1932 pour faire une surprise à sa fiancée, Esther, morte voilà quelques années. Une photo en noir et blanc de l'heureux couple réveilla la douleur dans le cœur désespéré de Jared.

Lorsqu'il pensait à toutes les choses qu'il aurait pu donner à sa bien-aimée Lizzie… Sauf qu'elle n'avait jamais voulu cela de lui. Elle était gênée par sa richesse et son goût pour les choses les plus luxueuses dans la vie ; ce qui avait été la seule source de malaise dans une relation toujours merveilleuse. Il voulait tout lui donner, la couvrir de diamants et l'emmener en des endroits qu'elle avait seulement rêvé de visiter.

Pourtant, encore et encore, elle lui avait dit qu'elle ne désirait pas ce luxe. Elle le voulait, lui ; mais ne s'intéressait nullement à son style de vie extravagant. Le seul commentaire qui eut pénétré dans son cerveau embrouillé lors de l'échec de sa demande en mariage l'avait hanté depuis : *Je ne peux pas vivre comme toi. C'est tout simplement impossible.*

— Pourquoi penses-tu encore à elle ? se morigéna Jared.

Il serait devenu fou à lier quand il émergerait enfin de l'exil qu'il s'était imposé à lui-même. Voilà à quoi elle l'avait réduit.

Tout en parcourant les unes après les autres les pièces splendides, une idée lui vint à l'esprit ; elle se précisa lorsqu'il arriva au pied du majestueux escalier qui était le centre de la magnifique maison.

— Est-ce que tout va bien ? lui demanda la blonde glacée lorsqu'elle le trouva dans le salon, étudiant la brochure comme s'il se passionnait pour les Chesterfield et leur romance digne d'un livre d'histoires.

— Quel est le prix demandé ?

C'était la seule chose qu'il n'avait pu trouver nulle part dans la brochure.

— Il est fixé à quinze millions neuf.

Jared se demandait ce que Jenny et Alex penseraient de se marier ici. Ils s'étaient désolés de ne rien trouver de disponible pour un mariage un peu précipité pendant l'été. N'était-ce pas ironique de penser au mariage d'un autre couple quand il avait envisagé de préparer le sien ? *Tu ne penses pas à ça...*

— Ils accepteraient quatorze cinq ?

La blonde en resta bouche bée d'étonnement, mais referma les mâchoires tout aussi vite en retrouvant son sang-froid :

— Et vous êtes ?

— Jared James.

— Oh, monsieur James ! Je ne vous avais pas reconnu ! Je suis vraiment désolée. Mon nom est Doro Chase et je représente les héritiers des Chesterfield.

Jared lui serra la main, mais seulement parce que, dans son excitation, elle l'avait pratiquement tendue jusqu'à sa poitrine.

— Je n'arrive pas à croire que je ne vous ai pas reconnu !

— Pas d'importance... Pour la proposition... Est-ce que vos clients sont prêts à négocier ?

— Je suis certaine qu'ils voudront considérer votre offre. Je serais heureuse d'en discuter avec eux si vous êtes sérieux.

Jared considérait la vue sur l'océan, le vaste escalier, les boiseries incroyables, les pièces immenses, les planchers en bois de qualité. L'endroit parlait à l'homme d'affaires en lui et le remplissait de cette sorte d'enthousiasme qu'il n'avait pas ressenti depuis des semaines.

— Je suis sérieux.

---

1. Aéroport civil dans le comté du New Jersey, tout proche de New York. (N.D.T.)

CHAPITRE 2

C'est de la folie, décida Elisabeth Sutter tandis que le vent jouait à emmêler ses cheveux. Elle se tenait à la proue du ferry et regardait en direction de l'île de Gansett que l'on commençait à apercevoir. Après tout, rien n'avait changé depuis qu'elle avait vu Jared pour la dernière fois. Il était toujours plus riche que le bon Dieu et elle n'avait pas davantage envie d'être mariée à ce genre de richesse.

Bien sûr, l'argent rendait tout plus facile, mais parfois aussi, les choses devenaient *trop* faciles et beaucoup trop folles à son goût. Si seulement elle avait pu oublier qui il était vraiment, l'homme derrière l'argent, celui dont elle était tombée éperdument amoureuse avant d'essayer de lâcher prise parce que ça lui semblait nécessaire.

Comme elle s'était trompée ! Elle avait su presque immédiatement qu'elle avait fait une terrible erreur. L'expression du visage de Jared lorsqu'il avait compris qu'elle déclinait sa demande généreuse... Cette image était à présent gravée de façon indélébile dans sa mémoire vive, avec la souffrance si visible dans ses yeux expressifs qui l'avaient toujours regardée avec un amour véritable.

Qu'elle ait pu lui faire ça... Ça la rendait malade de penser au chagrin qu'elle lui avait causé, celui qu'elle leur avait infligé à tous les deux. Si seulement elle n'avait pas été si pressée de le repousser. Si seulement elle avait pris une minute pour analyser ses pensées avant de réagir de façon négative. Si seulement, si seulement...

Il avait fallu presque six semaines de visites quotidiennes à son bureau pour que son assistante personnelle finisse par céder et lui dise où il se trouvait.

Elisabeth n'était même pas au courant de la maison sur l'île de Gansett – ce qui lui avait plus ou moins prouvé le fait que leur relation ne marcherait jamais sur le long terme. Parfois, elle avait l'impression qu'il y avait plus de choses qu'elle *ne savait pas* à son sujet qu'elle n'en connaissait. Mais ce qu'elle savait de lui, elle l'aimait. C'était la vérité toute simple avec laquelle elle avait vécu depuis qu'elle l'avait vu pour la dernière fois.

Elle l'aimait. Après cette dernière soirée désastreuse qu'ils avaient passée ensemble, elle avait essayé de se dire qu'elle ne devait plus l'aimer. Ne pas l'aimer était plus facile, plus propre, plus simple. Leurs styles de vie étaient aussi diamétralement opposés que possible. Elle vivait sur un petit budget, discrètement, se satisfaisant de peu. Il était tout fric, dynamique, chic.

Et elle l'aimait.

Elisabeth vida longuement ses poumons et son souffle fut emporté par la brise qui fouettait ses cheveux, les emmêlant tandis que le ferry réduisait la distance entre le continent et Gansett. À l'heure qu'il était, il devait la détester et avoir oublié les raisons pour lesquelles il avait un moment voulu l'épouser.

C'est pourquoi elle pensait qu'elle faisait une folie. Que pouvait-elle vraiment espérer en débarquant ici sans prévenir, quarante jours après l'avoir rejeté si complètement ? À quoi pensait-elle en venant sur l'île ? Qu'espérait-elle ? Aucune des choses qui importaient vraiment n'avait changé. Il avait toujours plus d'argent que le bon Dieu, de son point de vue à elle ; et elle n'avait pas davantage envie de changer pour s'adapter à son style de vie de milliardaire.

Pensez donc : elle dirigeait un refuge pour sans-abri ! Comment cela pouvait-il s'accorder avec la vie d'un magnat de Wall Street qui faisait de l'argent avec moins d'effort que la plupart des gens n'ont besoin d'en faire pour respirer ? Dès le tout début, elle avait trouvé que leurs façons de se comporter dans la vie étaient si opposées que c'en était comique – et inquiétant. Ils avaient plaisanté au sujet de leurs différences en apprenant à se connaître. Mais plus ils passaient de temps ensemble, plus ces différends étaient devenus flagrants.

Cela lui était totalement indifférent. Il lui avait dit qu'il lui donnerait n'importe quoi et tout ce qu'elle voudrait si elle acceptait de l'épouser et jurait de l'aimer pour toujours. Elle avait commencé à secouer la tête pour dire non ; et cela s'avérait la plus grande erreur qu'elle ait faite de toute sa vie. D'une certaine façon, d'une certaine manière, il fallait qu'elle le lui dise. Il devait savoir qu'elle le regrettait. Elle n'était pas certaine de vouloir changer sa réponse, mais elle ne pouvait pas le laisser penser qu'elle ne l'aimait pas.

C'est pourquoi elle avait pris quatre trains tous les jours pendant des semaines pour se rendre à son bureau. Son assistante, Marcy, savait toujours où il se trouvait. Il le lui avait dit la semaine où ils s'étaient rencontrés. *Si tu n'arrives pas à me joindre, appelle Marcy.* Marcy avait ordre de lui passer les appels d'Elisabeth, peu importe ce qu'elle pourrait interrompre.

Elisabeth s'était sentie honorée qu'il veuille tellement entendre sa voix qu'il ne se souciait pas qu'elle l'empêche de travailler. Marcy avait été beaucoup moins accommodante après le « désastre », comme Elisabeth désignait cette soirée au restaurant, quand elle avait tout gâché avec un signe de tête.

Marcy lui avait mené la vie dure, cédant enfin lorsqu'Elisabeth l'avait suppliée de lui dire où était Jared : elle voulait essayer de réparer la catastrophe qu'elle avait réussi à créer.

— *Si vous le faites souffrir encore,* avait dit Marcy en lui tendant un morceau de papier qui comportait l'information dont Elisabeth avait plus besoin que de n'importe quoi d'autre, *je vous trouverai et je vous tuerai.*

— *Je comprends,* avait dit Elisabeth, consciente qu'elle ne méritait pas mieux que des menaces de mort de la part de l'employée fidèle et amie de Jared.

— *Je ne le crois pas,* avait continué Marcy. *Mais lorsque vous serez là-bas et le verrez, vous comprendrez et vous saurez que je ne plaisante pas.*

La déclaration de Marcy impliquait que la rupture avait été aussi douloureuse pour lui que pour elle – probablement pire, en fait, parce qu'il ne savait pas qu'elle l'aimait toujours autant. Il ne savait pas qu'elle regrettait ce qu'elle avait fait ce soir-là plus que tout ce qu'elle avait pu se reprocher. Il ignorait qu'elle donnerait absolument tout ce qu'elle possédait – ce qui était peu de choses – pour revenir en arrière et réécrire ce qui s'était passé à la fin de cette soirée.

Elle regarda le ferry venir à quai du pittoresque port de Gansett et pensa qu'elle allait se trouver mal. Le soleil avait plongé vers l'horizon pendant la traversée, projetant une chaude lueur orangée sur la ville tandis que les passagers descendaient du bateau à la suite des voitures et des motos.

— J'y suis, chuchota-t-elle en mettant un pied sur l'île de Gansett pour la première fois.

Il y eut un moment où elle fut complètement paralysée en se demandant ce qu'elle allait faire. Puis elle se secoua et s'avança vers la file des taxis où un homme sympathique d'un certain âge, avec une tignasse de cheveux blancs et des yeux d'un bleu vif, lui fit signe depuis sa camionnette en bois.

—J'peux vous conduire qu'part ? demanda-t-il.

Ses yeux s'éclairaient gaiement lorsqu'il souriait et son attitude amicale apportait un réconfort vraiment nécessaire.

—Oui, s'il vous plaît.

Elisabeth lui tendit le morceau de papier sur lequel Marcy avait écrit l'adresse de Jared sur l'île.

Le chauffeur siffla entre ses dents.

— C'té un bel endroit.

Faisant une jolie courbette, il lui ouvrit la porte arrière et la lui tint pendant qu'elle s'installait.

Elisabeth n'était pas surprise d'entendre que Jared habitait dans un bel endroit. C'était une évidence. Probablement la plus belle maison de toute l'île. Il n'aurait pas voulu moins. C'était l'une de ses marottes – et l'une de leurs discussions quand elle lui apprenait l'art difficile de vivre à peu de frais à New York.

— Vous v'nez d'où ? interrogea le sympathique conducteur avec un charmant accent de la Nouvelle-Angleterre.

— De New York.

— C'est b'en loin ! Y'a pas grand-chose ici comparé à là-bas.

Comment pourrait-elle lui dire que tout ce à quoi elle tenait dans la vie se trouvait ici ?

— C'est très joli.

— B'en vrai. Et qu'esse qui vous zamène sur not' p'tite île ?

— Je viens voir un ami et j'espère qu'il en sera heureux.

Et voilà qu'elle parlait de sa vie privée à un parfait inconnu, preuve qu'elle avait vraiment disjoncté.

— Serait t'un idiot d'pas être content d'voir une jolie fille com' vous.

Elisabeth sourit pour la première fois depuis plus loin qu'elle pouvait s'en souvenir et vit qu'il lui faisait un clin d'œil dans le rétroviseur.

— Il n'est pas trop content de moi en ce moment, alors peut-être ne sera-t-il pas heureux de me voir.

Il y avait quelque chose chez ce vieil homme, quelque chose de gentil et de compassionnel qui lui fit raconter toute son histoire désolante.

— Eh b'en, reprit-il, j'vois pourquoi vous pensez qu'i pourrait être pas content d'vous voir après tout ça.

Ses mots dégonflèrent le peu d'optimisme qu'elle avait apporté pour cette folle entreprise.

— Pourtant, c'est b'en possible qu'i s'ra enchanté d'vous voir, surtout si vous v'nez pour arranger les choses avec lui.

— C'est ce que je veux faire, si c'est possible. J'espère seulement qu'il n'est pas trop tard.

— S'il vous z'aime vraiment, *vraiment z'aime*, l'est jamais trop tard.

Et aussitôt, elle se trouva de nouveau pleine d'optimisme, parce que la seule chose dont elle était absolument sûre, c'était qu'avant qu'elle ne gâche tout, Jared James l'avait vraiment, *vraiment*, aimée.

Le conducteur se servit d'un clignotant pour signaler qu'il allait tourner à droite dans la longue allée.

— Vous v'là rendue, ma p'tite d'moiselle.

La Porsche luxueuse de Jared et plusieurs autres voitures étaient garées devant le garage, si bien que le taxi s'arrêta derrière elles et mit le point mort. Il se retourna pour la regarder et lui tendit une carte de visite professionnelle.

— Si les choses s'passent pas com' que vous voudriez, vous m'appelez et j'viendrai vous r'chercher.

Touchée par sa douceur, Elisabeth regarda la carte.

— Merci, Ned. Moi, c'est Elisabeth et je vous remercie vraiment d'avoir écouté mon bavardage.

— Pas l'moins du monde, Lisbeth. J'ai deux filles à moi. J'comprends l'besoin d'parler.

— J'imagine que oui.

Elisabeth regarda avec inquiétude l'architecture contemporaine de la maison de Jared, grande et belle.

— Maintenant que je suis ici, j'ai un peu peur de ce qui pourrait arriver.

— Si vous z'entrez pas, vous l'saurez jamais.

— Quand il faut y aller… dit Elisabeth en tendant la main

vers la poignée de porte. Oh, Seigneur, j'allais partir et je ne vous ai pas payé !

— Allons, ma jolie. C'tait un plaisir d'vous z'amener ici.

— Je me sens gênée.

— Vous m'vexeriez si vous z'essayez d'me payer.

— Eh bien, si vous le présentez comme ça…

— J'insiste.

— Je vous remercie vraiment – pour la course et pour l'écoute.

Elisabeth descendit de voiture, trimbalant son sac et le sac à dos qu'elle avait apporté pour le cas où il ne la renverrait pas. Il faudrait qu'elle trouve un endroit où coucher s'il le faisait. Le dernier ferry partait dans une heure.

Tandis qu'elle contemplait la maison, Ned reçut un appel pour une autre course depuis la centrale.

— Vous z'avez qu'à m'app'ler si vous avez besoin d'qu'chose pendant que vous z'êtes z'ici.

— Merci encore.

Il recula, sortit de l'allée et partit en adressant un signe à Elisabeth qui restait là, stupidement, en essayant de rassembler le courage d'accomplir cette mission jusqu'au bout, fût-elle amère.

Elle suivit le son de la musique jusqu'à l'arrière de la maison, où elle découvrit une fête qui battait son plein. En fait, appeler ça une fête serait excessif. Jared était en compagnie de deux jeunes femmes blondes en bikini au bord de la piscine. Ils jouaient au volley-ball avec un très gros ballon de plage. Il riait de ce qu'avait dit l'une d'elles.

Pétrifiée, Elisabeth vit qu'il attrapait l'une des jeunes femmes par la taille et la jetait à l'eau du côté du grand bassin. Elle refit surface en crachant et nagea pour le rattraper, cherchant clairement à se venger tandis qu'il hurlait de rire et essayait d'échapper à ses efforts pour l'atteindre.

Elisabeth ne pouvait pas détacher les yeux de son beau

visage souriant alors qu'il plongeait pour s'éloigner de celle qui voulait une revanche.

Il était clair qu'il se portait tout à fait bien sans elle. Elle se força à regarder ailleurs, à cesser de le fixer comme une idiote transie d'amour, ce qu'elle n'avait pas le droit de faire. Elle était venue ici pour en avoir le cœur net et voilà ce qu'elle avait trouvé. Il avait tourné la page. C'était bien. La pensée qu'il ait pu avoir le cœur brisé et anéanti par son rejet n'était pas l'image qu'elle voulait garder de lui dans le futur solitaire qui se profilait devant elle.

Des larmes roulèrent le long de ses joues et elle se détourna, revenant vers la route, la carte de Ned serrée dans sa main. Les doigts tremblants, elle forma le numéro pour l'appeler. Heureusement, il ne posa pas de questions et lui dit de l'attendre à côté de la boîte aux lettres, qu'il arriverait aussi vite qu'il le pourrait.

Il n'exprima pas de sympathie ou quoi que ce soit qui lui aurait fait perdre le peu de sang-froid qui lui restait : elle ne s'y accrochait plus que du bout des doigts. Des larmes s'échappaient de ses yeux et elle les essuya d'un geste de colère. Quel droit avait-elle de pleurer parce qu'il s'amusait dans une piscine avec deux blondes magnifiques ? Elle avait fait son propre lit. Maintenant, il ne lui restait plus qu'à s'y coucher toute seule.

CHAPITRE 3

— Ça m'embête de laisser Hope s'occuper de Maman ce soir, déclara Alex Martinez pendant que David le conduisait rejoindre sa fiancée chez Jared.

David était passé chez les Martinez pour voir comment allait Marion, la mère d'Alex. Elle souffrait de démence sénile. Après une journée particulièrement difficile, Alex lui avait demandé de faire un saut chez eux afin de s'assurer qu'il n'y avait pas une raison médicale pour qu'elle soit plus confuse.

— Hope s'occupe très bien d'elle, avait dit David. Et vous l'avez embauchée pour vous soulager un peu.

— Je sais, mais malgré ça, je ne suis pas sûr que ce soit une bonne idée de laisser Hope gérer maman après la journée qu'elle a déjà eue.

— Paul et toi n'êtes pas encore tout à fait habitués au fait que vous avez désormais de l'aide ; il est tout à fait naturel que tu te croies censé faire quelque chose pour ta maman. Pourtant, tu as quelque chose de prévu ce soir avec ta fiancée et tes amis. C'est ce qu'il faut que tu fasses. Il n'y a pas de raison que tu ne te permettes pas d'avoir un peu de distraction, Alex.

— J'imagine.

Alex gratta avec lassitude la barbe naissante sur sa mâchoire.

— Quoi que je fasse, je me sens coupable de ne pas faire ce que *je devrais* faire. La plupart du temps, Maman ne s'aperçoit même pas que je suis là, mais j'ai l'impression que je devrais être avec elle plutôt qu'à un barbecue.

— Est-ce que je peux te demander quelque chose ? Si elle avait toute sa tête, que dirait ta mère de t'entendre dire ça ?

— Elle me dirait que je suis ridicule, répondit Alex dans un rire qui ressemblait à un grognement.

— Alors, tu vois.

David connaissait Marion Martinez – et ses fils – depuis toujours. Il ne faisait aucun doute à ses yeux que madame Martinez serait malheureuse de voir ses garçons mettre leur vie entre parenthèses pour s'occuper d'elle. Ils avaient fait en sorte qu'on prenne bien soin de leur mère en engageant Hope Russel, une infirmière venue du continent pour vivre avec eux et prendre en charge les soins nécessaires. Ils continuaient à veiller sur tous les aspects de sa condition médicale, même avec la présence de Hope.

— Elle voudrait que vous soyez heureux tous les deux.

— Je déteste ça.

— Je sais. Je le regrette vraiment pour vous.

— Qu'a-t-elle jamais fait pour mériter une maladie aussi terrible ? soupira Alex.

— Absolument rien. C'est ça qui est vraiment moche.

David prit une série de tournants qui menaient à la propriété de Jared en bord de mer, où il avait vraiment eu de la chance de pouvoir louer l'appartement au-dessus du garage. Il adorait l'endroit et avait été heureux de pouvoir faire la connaissance de Jared au cours de l'été.

— Est-ce que Paul vient ce soir ?

— Il a dit qu'il essaierait. Il a un rendez-vous pour une histoire de propriété foncière ou quelque chose comme ça.

— Il est monsieur île de Gansett, hein ? remarqua David en pouffant.

— C'est bien vrai. Je ne sais pas comment il fait tout ça : gérer notre affaire, aider à s'occuper de Maman et donner tellement de temps au conseil municipal et tout ce qui s'ensuit. Ces réunions m'ennuieraient à mourir, mais il aime tout ça.

— La ville a besoin de gens comme lui pour protéger ce que nous avons ici. Je suis heureux qu'il soit aux manettes.

Alex acquiesça.

— Il est dévoué. C'est certain.

— Comment avancent vos plans pour le mariage ?

Alex et sa fiancée Jenny espéraient se marier d'ici deux mois.

— Pas trop bien. Tout est loué des années à l'avance sur cette île.

— Pourquoi est-ce que vous ne feriez pas ça au phare ? demanda David.

Jusqu'à ce qu'elle déménage il y avait peu pour vivre avec Alex et sa famille, Jenny avait été la gardienne du phare du Sud-Ouest. Pour l'heure, elle gérait les ventes au détail de *Martinez Pelouse & Jardin,* pendant qu'Alex et elle faisaient des projets pour construire une maison à côté de celle où le jeune homme avait grandi.

— La ville est plutôt nerveuse quand elle pense à sa responsabilité si nous organisions un mariage là-bas. Quelque chose au sujet de boissons et des falaises proches.

David rit à cause du dépit qu'il entendait dans la voix d'Alex.

— Comme si nous n'allions pas prendre toutes les précautions nécessaires pour qu'aucun invité éméché ne passe par-dessus les falaises.

— J'ai eu la malchance de m'occuper d'un certain nombre de personnes tombées du haut de nos falaises – elles ne pardonnent pas, coupa David. Je regrette d'avoir à le dire, mais la ville pourrait bien avoir raison…

— Bien sûr, tu es de leur côté, plaisanta Alex. Mac et Maddie ont offert leur terrain, mais Jenny n'aime pas beaucoup cette idée. C'est beaucoup leur demander.

— Je suis sûr que vous allez trouver quelque chose, reprit David en ralentissant pour prendre le tournant qui menait à la propriété de Jared.

Voyant une jeune femme debout à côté de la boîte aux lettres, il arrêta sa voiture. Quelque chose en elle lui était familier. Elle était grande et mince avec des cheveux bruns soyeux qui tombaient juste en dessous des épaules. Il descendit la vitre, remarqua qu'elle pleurait.

— Bonsoir. Est-ce que je peux faire quelque chose pour vous aider ?

— Oh non, répondit-elle en essuyant les larmes sur son visage. J'attends un taxi.

— On s'est déjà rencontrés ?

— Non, je ne crois pas.

— Il me semble pourtant que je vous connais.

C'est alors qu'il se souvint où il l'avait vue… Sur des photos que Jared leur avait montrées à Daisy et lui. Elle était la Lizzie de Jared et elle attendait un taxi au bout de son allée. David mit la voiture au point mort et sortit.

— Je suis David Lawrence, un ami de Jared. Vous êtes sa Lizzie, n'est-ce pas ?

Elle poussa un petit cri et secoua la tête.

— Je ne suis pas sa je-ne-sais-quoi. Je suis Elisabeth.

— Vous êtes allée le voir ? interrogea doucement David, faisant attention de ne rien dire qui puisse la bouleverser davantage.

— Pas exactement. Il est très occupé avec deux belles blondes plantureuses en bikini.

L'amertume de sa voix le surprit. Des blondes à la poitrine avantageuse ? Jared avait été trop occupé à soigner son cœur brisé en mille morceaux pour inviter qui que ce soit jusqu'à aujourd'hui. Tout à coup, il comprit à qui elle faisait allusion et dut faire un effort pour s'empêcher de rire.

— Hum, je pense que vous devez parler de ma petite amie et de sa fiancée à lui, fit-il en se servant de son pouce pour désigner Alex qui attendait dans la voiture.

À porter au crédit d'Alex, celui-ci fit un signe de la main et sourit.

— V-votre petite amie ? demanda-t-elle d'une voix tremblante tandis que de nouvelles larmes emplissaient ses yeux.

— Oui, ma petite amie, Daisy, et sa fiancée à lui, Jenny. Nous allons les retrouver. Alex et moi avons été retardés, si bien que nous leur avons demandé de nous précéder pour aider Jared à préparer le barbecue ; il a décidé soudainement d'en organiser un aujourd'hui après des semaines où il avait broyé du noir.

— Il-il broyait du noir.

— Il a le cœur brisé.

David espérait qu'il faisait bien en lui disant la vérité et que Jared avait été dévasté par le chagrin.

— Je suis certain qu'il sera absolument ravi de vous voir.

— Vous croyez ? Vraiment ?

— Vraiment. Je peux vous emmener chez lui ?

Elle avait l'air pétrifiée ; elle semblait réellement indécise et soupesait sa proposition.

— J'ai demandé à un taxi de venir pour me ramener en ville.

— Vous pourriez l'annuler. Si vous décidez que vous voulez retourner en ville plus tard, je vous y conduirai moi-même. Sans poser de questions.

— Oh, vous feriez cela ?

— Offre valable autant de temps qu'il faudra. Mais sachant combien Jared a été triste sans vous, je doute que vous ayez à me prendre au mot.

— Il est triste… Pas en colère ?

— Il est très triste. Je n'ai noté aucune animosité. Ce qui ne veut pas dire qu'il ne soit pas fâché ; mais tout ce que j'ai vu, c'est du chagrin.

— Je regrette vraiment de lui avoir fait ça, répondit-elle doucement.

— Vous devriez le lui dire. Je crois que cela aurait de l'importance pour lui.

Elle fit un signe de tête et prit son portable pour annuler le taxi.

David la débarrassa de son sac à dos et lui tint la portière arrière de sa voiture. Lorsqu'elle fut installée, il lui tendit son sac.

— Merci.

— Pas de quoi.

David monta dans la voiture et, les yeux écarquillés, lança un regard en direction d'Alex qui avait assisté à toute la scène. Au bout de l'allée, il se gara à sa place, à côté de l'élégante Porsche noire de Jared. La voiture de Jenny se trouvait également là, derrière celle de Jared. Ils sortirent tous les trois et suivirent le son des voix, des rires et de la musique jusqu'à la piscine où Jared était effectivement au milieu d'une partie animée de volley-ball de plage avec Jenny et Daisy.

Aucun d'eux ne remarqua les nouveaux arrivants avant qu'ils ne passent la porte ouvrant sur la terrasse de la piscine entourée d'une clôture.

— Hé ! s'exclama Jared. Vous voilà. Tu n'as donc pas un costume de bain, docteur David ?

— En fait, si, mais j'ai trouvé une de tes amies en venant.

Le regard de Jared passa de David à Lizzie qui se tenait debout entre Alex et lui. En même temps que le choc qui s'imprima sur le visage de Jared, David vit également de l'amour et de la nostalgie et il sut qu'il avait bien fait en persuadant la jeune femme de venir parler à son ami.

— Lizzie… fit Jared lorsqu'il eut récupéré la possibilité de parler.

— Bonsoir, Jared.

∾

Bouleversé de la voir, Jared sortit de la piscine et attrapa une serviette abandonnée un peu plus tôt sur un fauteuil.

— Que fais-tu ici ?

À première vue, elle était mince, terriblement mince, et il fut immédiatement inquiet. Elle lui avait avoué avoir été anorexique lorsqu'elle était adolescente, et à la pensée qu'elle devait à nouveau combattre cette maladie – peut-être à cause de lui – il éprouva de la peur au plus profond de lui-même.

— Je suis venue pour te voir.

— Pourquoi ?

Lizzie regarda en hésitant autour d'elle les quatre visages curieux qui les regardaient.

— J'ai besoin de te parler.

— On devrait y aller et vous laisser parler tous les deux, intervint Jenny en prenant la main qu'Alex lui tendait pour l'aider à sortir de la piscine.

— Non, coupa Jared sans lâcher Lizzie des yeux. Nous avons des plans. J'ai des steaks. On se fait un barbecue.

— Jared, protesta David. Tout va bien. On peut organiser ça un autre soir.

Des semaines de souffrance et de frustration et une bonne dose de colère bouillonnaient et remontèrent tout d'un coup à la surface en contemplant le visage qui l'avait hanté pendant quarante nuits sans sommeil.

— Non, répéta-t-il avec plus de force cette fois. On va dîner.

— Je suis désolée, murmura Lizzie en faisant un pas en arrière. J'arrive à un mauvais moment. Je vais m'en aller…

— Ce n'est pas nécessaire, coupa Jared un peu plus doucement. Ce serait bien si tu te joignais à nous.

— Oh, hum, je ne veux pas m'imposer.

— Non, la rassura-t-il, terrifié à l'idée qu'elle parte avant qu'il ait pu entendre ce qu'elle était venue lui dire. Tu as fait la connaissance de David Lawrence et d'Alex Martinez. Voici l'amie de David, Daisy Babson, et la fiancée d'Alex, Jenny Wilks. Mesdemoiselles, je vous présente Elisabeth Sutter. Lizzie.

La bouche de Daisy s'arrondit en un O sidéré.

— Vraiment enchantée de faire ta connaissance, enchaîna-t-elle en serrant la main de Lizzie.

Jared ne fut même pas surpris que Daisy, toujours aussi compatissante, ait aussitôt fait bon accueil à Lizzie, alors qu'elle était au courant de toute cette vilaine histoire. Jenny se montra également amicale, encore qu'un peu plus réservée que ne l'avait été Daisy.

Les jeunes femmes passèrent des robes de plage tandis que Jared attachait une serviette autour de sa taille.

— Allons prendre un verre, dit-il en les conduisant vers la terrasse où il avait mis deux paquets de douze bières à rafraîchir à côté de bouteilles de vin blanc. Qu'est-ce que je peux vous servir ?

Les hommes choisirent de la bière et Jenny déboucha une bouteille de chardonnay qu'elle partagea avec Daisy.

— Lizzie ? interrogea-t-elle, en tenant la bouteille.

— Elle préfère le pinot grigio, intervint Jared. Je vais en chercher.

Son cœur battait une chamade rapide et il essayait de résister à l'envie de la fixer, de ne pas perdre une miette de son visage qu'il connaissait si bien. Il se dirigea vers l'intérieur sur des jambes flageolantes, tout son corps parcouru de picotements – surprise, excitation, besoin de savoir... Qu'était-elle venue faire ici ? Et pourquoi avait-elle pleuré ?

David le suivit dans la maison.

— Est-ce que ça va ?

— Je... Je ne sais pas où j'en suis. A-t-elle dit quelque chose pour expliquer sa présence ici ?

— Ce n'est pas plutôt évident ?

Jared se versa une rasade d'un whisky de luxe et l'avala d'un trait avant de se resservir.

— Non. Non, pas du tout.

La chaleur de la liqueur parcourut son corps, calmant ses nerfs.

— Alex et moi l'avons trouvée au bord de la route. Elle était venue ici, t'avait vu dans la piscine avec Daisy et Jenny et avait sauté sur quelques conclusions incorrectes ; elle venait d'appeler un taxi pour rentrer en ville. Je l'ai reconnue à cause des photos que tu m'avais montrées.

Jared se rendit compte qu'il avait bien failli ne jamais savoir qu'elle était venue… Puis il se souvint de ses quelques moments de légèreté et de rire dans la piscine. Elle avait dû en être plutôt choquée, surtout en repensant à son ancienne réputation de play-boy. Cette vie-là s'était arrêtée à l'instant où il avait posé les yeux sur elle. Et elle le savait. Ou l'avait su lorsqu'ils sortaient ensemble. Il y avait veillé.

— Elle pleurait, continua David. Elle t'avait vu avec d'autres femmes et ça l'avait bouleversée.

— Tu lui as dit…

— Nous l'avons détrompée. Ma petite amie. La fiancée d'Alex. Nous l'avons persuadée de revenir avec nous.

— Je t'en remercie.

Jared laissa son regard s'évader par la fenêtre au-dessus de l'évier : sur la terrasse, Jenny, Alex et Daisy avaient inclus Lizzie dans leur conversation. Elle avait l'air un peu moins mal à l'aise que quelques minutes plus tôt.

— Nous devrions partir, Jared. Vous avez tous les deux des choses à vous dire.

— Ça attendra à plus tard. Je vous ai promis un dîner.

— Jared…

— J'ai besoin d'un peu de temps pour reprendre mes esprits avant de lui parler. Ça m'aiderait si vous restiez.

— Si tu es sûr...

— Je le suis.

— Quand j'y pense, il se pourrait que j'aie laissé entendre que tu n'allais pas trop bien depuis que tu es arrivé ici. J'espère que ça va.

— Il vaut mieux qu'elle sache la vérité.

— Quoi qu'il arrive maintenant, j'espère que ça se passera comme tu veux.

En la regardant assise sur la terrasse, entourée par ses amis, Jared n'était plus sûr de ce qu'il voulait d'elle. Elle l'avait terriblement blessé. Pouvait-il risquer de la reprendre auprès de lui – si c'était cela qu'elle était venue demander – pour que ça recommence un jour ?

— Merci, mon vieux. Daisy et toi, vous avez été tellement formidables. Je ne sais pas ce que j'aurais fait sans vous.

— Nous avons été très contents, nous aussi. Maintenant, tu ferais mieux de sortir avec son vin, sinon elle pourrait penser que tu n'es pas heureux de la voir. Et tu es heureux qu'elle soit ici, n'est-ce pas ?

Heureux n'était peut-être pas le mot juste. Confus, agité, plein de doutes... Mais heureux ? D'abord, il fallait qu'il sache pourquoi elle était venue. Ensuite, il déciderait de ce qu'il en pensait.

— Ouais, se contenta-t-il de dire.

C'était tout ce qu'il pouvait dire pour le moment. Il déboucha la bouteille de pinot et suivit David qui retournait sur la véranda avec un verre de plus dans la main.

Victoria et son charmant Irlandais les rejoignirent peu de temps après ainsi que Paul, le frère d'Alex, qui leur rapporta des histoires amusantes après sa rencontre avec un insulaire d'un certain âge : il n'avait pas arrêté de lui parler pendant deux bonnes heures, sans marquer un seul temps d'arrêt, pour défendre un lopin de terre que le foncier ne voulait pas développer. Jared lui proposa un verre de whiskey qu'il accepta avec reconnaissance.

Ils mangèrent les steaks, des pommes de terre en robe des champs et de la salade, nagèrent dans la piscine, s'assirent près du feu et firent griller des marshmallows. Ses amis le taquinèrent parce qu'il avait acheté toutes les sortes de sauce salade que l'épicerie proposait ; il allait devoir manger de la verdure pendant une année pour tout utiliser. Jared accepta volontiers leurs taquineries en essayant de se détendre et en profitant de leur présence ; mais il ne pouvait pas ignorer la présence de Lizzie et il était préoccupé en la voyant regarder fixement le feu. Elle avait participé à la conversation, ri des pointes hilarantes de Shannon O'Grady, avalé quelques morceaux de son dîner et pris un second verre de vin.

Mais Jared la connaissait suffisamment bien pour savoir qu'elle était aussi crispée que lui, prévoyant – et probablement redoutant – ce qui se passerait quand leurs amis partiraient.

David se leva à 22 h 30, tendit une main à Daisy pour l'aider à se mettre debout.

— Je travaille tôt demain matin, dit-il sur un ton de regret. Il me faut mes heures de sommeil.

Il se tourna vers Lizzie.

— J'ai été vraiment heureux de faire ta connaissance.

— Moi aussi. Merci pour… Euh… Merci.

— Tout le plaisir était pour moi.

Daisy, étant Daisy, fit un pas supplémentaire et serra Lizzie dans ses bras – ce dont la jeune femme sembla surprise, mais contente. Puis Daisy vint faire de même pour Jared et murmura dans son oreille :

— Bonne chance.

— Merci.

Elle était tellement douce et attentionnée ; elle s'était montrée extrêmement amicale avec lui durant les dernières semaines. Elle avait insisté pour qu'il devienne « l'autre homme » dans sa relation avec David. Elle l'avait forcé à sortir de son cocon et traîné à plus d'une soirée, ce qu'il avait apprécié beaucoup plus qu'elle ne le saurait jamais.

— Il faut qu'on y aille aussi, annonça Alex. Je travaille demain matin. Pas de vacances pour les paysagistes en ce moment de l'année.

Paul acquiesça en grognant.

— Avant que vous ne partiez, coupa Jared en s'adressant à Alex et Jenny, je crois que j'ai peut-être trouvé un endroit pour votre mariage.

Jenny eut l'air tout d'un coup de reprendre vie et leva la tête qu'elle avait posée sur l'épaule d'Alex.

— Raconte !

— Avez-vous pensé au domaine des Chesterfield ?

Le sourire de Jenny s'assombrit.

— C'était notre premier choix, mais ils ont refusé parce que la maison a été mise en vente. Elle n'est pas disponible pour des événements.

— J'ai cru comprendre qu'elle pourrait avoir un nouveau propriétaire qui serait disposé à ce qu'un mariage y ait lieu.

Jenny le fixa, bouche bée :

— Tu as *acheté* le domaine Chesterfield ?

— J'ai peut-être fait une offre.

— *Pourquoi ?*

— Parce que vous avez besoin d'un endroit où vous marier et que ça m'a semblé parfait. Avez-vous vu les jardins ?

Jenny et Alex échangèrent un regard en même temps que de petits sourires en coin.

— Oui, répondit-elle. Mon fiancé en prend un soin extraordinaire.

— Il fait de l'excellent travail, acquiesça Jared.

— Alors, laisse-moi y voir bien clair, reprit Alex. Nous avions besoin d'un endroit pour notre mariage, si bien que tu *as acheté* le domaine Chesterfield ?

— J'ai fait une offre, répliqua Jared qui ne savait plus où se mettre sous les regards qui le fixaient, surtout celui de Lizzie. Ce serait un lieu épatant pour un mariage, mais c'est aussi un investissement formidable. L'endroit est incroyable.

Jenny renifla et se tamponna les yeux.

— Je n'arrive pas à croire que tu aies fait ça.

— Ce n'est pas encore réglé, alors ne commencez pas déjà à faire des préparatifs pour le mariage. Je vous tiens au courant.

Elle sauta en l'air et surprit Jared en l'étreignant :

— Tu es trop, monsieur James.

— Ce n'est pas grand-chose.

— C'est énorme, fit Alex en tendant la main. Nous te remercions.

Jared ignora leurs éloges tout en étant extrêmement conscient que Lizzie suivait cet échange avec intérêt. Sans doute n'aurait-il pas dû annoncer cela à Alex et Jenny devant elle, sachant bien qu'ils avaient des points de vue différents sur l'argent et tous les à-côtés qui allaient avec.

— Je vous appelle quand j'ai la réponse de l'agent.

Jenny, Alex et Paul s'en allèrent quelques minutes plus tard, suivis par Victoria et Shannon, le laissant enfin seul avec Lizzie.

Il s'assit sur une chaise longue à côté de celle qu'occupait la jeune femme. Touché par la lueur du feu sur son visage magnifique, il demeura un long moment silencieux, jusqu'à ce qu'il ne puisse pas attendre plus longtemps pour lui poser la question qui avait brûlé son cerveau toute la soirée.

— Que fais-tu ici, chérie ?

CHAPITRE 4

— e n'arrive pas à croire qu'elle soit venue après autant de temps, remarqua Daisy.

David et elle étaient en train de se brosser les dents au-dessus du lavabo.

— Raconte-moi tout ce que tu sais, où vous l'avez trouvée et ce qu'elle a dit.

David cracha le dentifrice, se sécha la bouche et lui rapporta encore une fois l'histoire, prenant soin de n'oublier aucun détail, comme elle l'avait demandé.

— Alors, elle a pensé qu'il faisait l'imbécile avec Jenny *et* moi ? En *même* temps ?

— Apparemment.

Elle avait passé l'un des T-shirts de David par-dessus une minuscule culotte dont le médecin avait aperçu un petit bout lorsqu'elle s'était déshabillée. Elle se mit au lit avant lui et posa sa tête sur sa paume.

— C'est vraiment bizarre.

David éclata de rire et entra dans le lit, uniquement vêtu d'un caleçon.

— D'après ce que j'avais entendu dire avant de le connaître

vraiment, Jared avait une sacrée réputation de virilité quand il vivait à New York. Elle en avait certainement ouï dire.

— Alors, elle a pensé qu'il avait repris ses anciennes habitudes.

— Quelque chose comme ça.

— Imagine que tu ne l'aies pas vue, continua Daisy en se blottissant contre lui comme elle le faisait chaque nuit.

David vivait dans l'attente de ce moment avec elle, à la fin de chaque longue journée.

— Il aurait pu ne jamais savoir qu'elle était venue.

— C'est ce qu'il a dit aussi. Il se rend compte qu'il s'en est fallu de peu.

— A-t-il dit qu'il était heureux de la voir ?

— Il semble qu'il pourrait réserver son analyse à ce sujet jusqu'à ce qu'il ait entendu ce qu'elle voulait lui dire.

— C'est bon signe qu'elle soit venue, non ?

— Peut-être, ou bien cela pourrait signifier qu'elle cherche un moyen de mettre un point final à leur histoire pour qu'ils puissent tous les deux tourner la page.

— J'espère que ce n'est pas la seconde hypothèse, soupira Daisy. Ça le tuerait.

Ses courbes douces se pressaient contre lui et sa main caressa son ventre, lui faisant penser à l'amour qu'il portait à la jeune femme plutôt qu'à celui de Jared. Il resserra son étreinte autour d'elle et se glissa plus bas dans le lit pour que ses lèvres se trouvent en face de celles de Daisy.

— J'ai envie d'aller voir ce qui se passe là-bas.

Cette déclaration le fit rire.

— Tu ne vas pas aller les espionner.

— Allons... Il n'en serait pas fâché. Il sait que je me sens concernée.

— Et moi alors et ce dont j'ai besoin ?

Elle fronça les sourcils d'une façon adorable.

— Tu as besoin de quoi ?

— De toi. J'ai besoin de toi. De ça, maintenant. C'est ce qui me permet de tenir jusqu'au bout de la journée. Parce que je sais que je t'aurai pour moi tout seul à la fin du jour.

Le sourire de Daisy illumina son beau visage.

Il aimait tellement la voir sourire comme ça. Pendant quelque temps, après que son ancien ami l'eut violentée, il s'était demandé si elle pourrait se remettre à sourire, et maintenant, ses sourires étaient fréquents et éblouissants – et tous pour lui.

— Je t'aime, dit-il en prenant ses lèvres pleines et attirantes dans un baiser dont il s'était langui depuis qu'il l'avait quittée le matin pour aller travailler.

Les bras de la jeune femme se refermèrent autour de son cou tandis qu'elle le taquinait avec de petits coups de langue.

David glissa ses mains sous le T-shirt de Daisy et le fit passer par-dessus sa tête en moins de temps qu'il n'en fallait pour le dire. Rien n'était aussi bon que sa peau douce pressée contre la sienne. *Oh Seigneur, sauf ça*, pensa-t-il lorsque la main de son amie s'arrondit autour de son érection et qu'elle commença à le caresser.

— Daisy, haleta-t-il.

— Mumm, je t'aime moi aussi. Tellement.

Déjà au bord de la jouissance après seulement quelques caresses légères de sa main, il fit une pirouette sur lui-même et se retrouva au-dessus d'elle, contemplant ses cheveux blonds étalés sur l'oreiller. Baissant la tête, il roula un bout de sein ferme entre ses lèvres, tirant et aspirant jusqu'à ce qu'elle tressaille sous lui, désirant davantage.

— *David...*

— Hum ?

Il dirigea son attention vers l'autre téton et lui consacra un temps égal.

Elle s'accrochait fermement à ses cheveux, réclamant son attention, tandis qu'il descendait en parsemant son ventre de baisers. Il attrapa sa petite culotte et la repoussa le long de ses jambes, puis par-dessus ses pieds.

Elle lui tendit les bras, l'accueillant dans sa douce étreinte.

Il ne demandait pas autre chose, incapable de lui résister lorsqu'elle le regardait avec autant d'amour et de désir dans ses yeux expressifs.

Daisy l'étreignit entre ses bras et ses jambes, le recevant dans son corps et cambrant le dos. Ses lèvres sur son cou furent comme un détonateur, envoyant un courant électrique dans tout le corps de David. Chaque fois qu'elle le touchait, c'était de nouveau comme au premier jour.

Il la prit lentement, désirant faire durer le plaisir aussi longtemps qu'il le pouvait.

Elle s'accrochait à lui, le bout de ses doigts enfoncés dans son dos, ses jambes refermées autour de ses hanches.

Les muscles internes de la jeune femme qui se resserraient mirent en échec ses plans d'aller lentement. Il s'accorda à son rythme, allant et venant en elle encore et encore pendant qu'il emprisonnait ses lèvres dans un nouveau baiser incendiaire. Elle avait toujours le même effet sur lui. Elle lui faisait tout oublier, sauf l'incroyable jouissance de se perdre en elle.

Et l'orgasme fut en effet incroyable, surtout qu'ils y arrivèrent ensemble cette fois-là. Il aimait qu'elle ait perdu sa timidité et qu'elle lui fasse entendre à quel point elle aimait ce qu'il lui faisait vivre. Ses cris de plaisir le libérèrent et il se permit de la rejoindre en gémissant de bonheur à côté d'elle.

Une des choses qu'il préférait lorsqu'il faisait l'amour à Daisy, c'était la façon dont elle l'apaisait toujours ensuite, le caressant doucement de sa main sur son dos, ou bien ses doigts glissant dans ses cheveux. Il connaissait un contentement absolu entre les bras de la femme qu'il aimait et espérait que son ami Jared trouverait le moyen de retrouver celle qu'il aimait.

∽

Maintenant que le moment était venu, Elisabeth ne pouvait pas trouver une seule chose à dire. Elle avait regardé Jared agir avec ses nouveaux amis et cela avait été très éclairant. Elle avait constaté qu'ils avaient une affection sincère pour lui ; elle avait vu la générosité avec laquelle il leur avait ouvert sa maison. Sans oublier la démarche qu'il avait apparemment faite pour Alex et Jenny. Aussi incroyable que cela fût, c'était ce geste-là qui lui avait rappelé à quel point ils étaient dissemblables. En raison de ces différences, elle s'était souvent demandé si leur relation pourrait durer sur le long terme, malgré l'amour extraordinaire qu'ils avaient ressenti l'un pour l'autre, pratiquement dès la première soirée passée ensemble.

— Lizzie, commença-t-il doucement. Est-ce que tu vas me dire pourquoi tu es ici ?

— Je voulais te voir. Tu m'avais manqué.

Il sortit tout l'air de ses poumons, dans un souffle qui semblait angoissé. Elle ne pouvait en être certaine. Elle ne l'avait jamais vu anxieux. Elle n'avait connu que le Jared James heureux, arrogant, trop sûr de lui. Celui qui était assis sur la chaise longue à côté d'elle était si éloigné du premier qu'elle le reconnaissait à peine.

Il était affaibli, hésitant, prudent et troublé – quatre adjectifs qu'elle n'aurait jamais employés pour décrire le Jared qu'elle connaissait et aimait.

Même ses cheveux étaient différents. Il les avait laissés pousser, abandonnant la coupe rase qu'il affectionnait à New York. Elle ne les avait jamais vus aussi longs, mais devait avouer qu'elle les aimait ainsi – beaucoup. Malgré les autres changements qu'elle découvrait, il était encore plus séduisant qu'il n'avait été, si tant est que ce fût possible.

— Tu m'as manqué aussi.

Il n'allait pas lui faciliter la tâche. Elle ne pouvait pas l'en blâmer alors qu'elle avait tout gâché. Elle ravala la boule dure qui s'était formée dans sa gorge et se força à continuer.

— Je voulais expliquer…

— Pas besoin. Ce n'est pas nécessaire. C'était vraiment gentil à toi de venir ici et tout ça, mais je n'ai pas besoin d'explications.

— *Moi,* j'en ai besoin. Il faut que tu saches pourquoi.

— Quelle importance, Elisabeth ?

Le fait qu'il l'appelle par son prénom entier la blessa comme un coup de fusil en plein cœur. Il ne l'avait pas appelée Elisabeth depuis la nuit où ils s'étaient rencontrés et avait décidé qu'elle serait sa Lizzie. Il ne l'avait jamais plus appelée autrement, sauf mon adorée, ma bien-aimée, mon bébé, ma chérie. Elle l'avait taquiné parce qu'il ne voulait pas utiliser un seul autre petit nom, préférant les utiliser tous.

— Je suis venue trop tard, soupira-t-elle en essayant de se résigner à un avenir désolé dont Jared ne serait pas le centre.

Comme s'il ne pouvait plus rester assis sans bouger, il se leva tout à coup pour entretenir le feu. Il s'accroupit devant le foyer construit sur la terrasse, ses épaules rigides de tension, et s'occupa du feu avec des mouvements terriblement brusques.

Elle ne put supporter de le voir aussi blessé, d'autant qu'elle était responsable de son désarroi. Sans faire de bruit, elle se glissa au bout de la chaise longue qu'il avait occupée et posa ses mains sur ses épaules nues.

Après un moment de stupéfaction, sa respiration se fit audible par-dessus le chant des criquets qui venait des buissons proches.

— Je suis désolée, Jared, murmura-t-elle tandis que des larmes roulaient le long de ses joues. Je ne voulais pas cela.

— Tu pensais qu'il allait arriver quoi quand tu m'as repoussé ?

— Je n'avais pas l'intention de refuser tout net. Je… Tu m'as prise par surprise et je n'étais pas préparée…

Tout en demeurant accroupi, il se retourna pour la regarder :

— Tu ne voulais pas me rejeter ? Alors, pourquoi as-tu dit non ?

— Ce n'est pas ce que je voulais faire. J'ai fait ce signe de tête parce que les choses allaient trop vite et que je n'arrivais pas à les analyser. Mais je n'ai jamais vraiment dit non.

— Lizzie… Si, c'est ce que tu as fait !

— Non, pas véritablement.

— Alors, ce que tu es en train de me dire, c'est que tu n'as pas refusé ma demande en mariage ?

— Je n'ai pas dit que je ne voulais pas t'épouser.

Il pencha la tête comme s'il essayait de lire en elle, un geste qu'elle connaissait si bien et qui était tellement lui qu'elle ne put s'empêcher de placer ses mains sur son visage.

Ses yeux se fermèrent et du fond de lui-même sortit un soupir qui le fit frissonner tout entier.

— Ne me fais pas ça, Lizzie. Je ne peux pas le supporter. Tu m'as détruit. Tu n'as pas idée…

— Je crois que si. Tu m'as anéantie en ne prenant pas mes appels et en ne répondant pas à mes messages. Je ne pouvais ni dormir ni manger. Je ne savais pas où te trouver. Personne ne voulait me dire où tu étais. Je ne savais même pas que tu possédais une maison ici.

— Tu n'arrivais pas à manger ? demanda-t-il doucement en la regardant avec inquiétude.

Elle comprit qu'il voulait savoir si elle avait souffert d'une rechute alors qu'elle ne souffrait plus d'anorexie et elle fut heureuse qu'il s'en souvienne et s'en soucie autant.

— Parce que j'étais bouleversée, pas à cause de l'anorexie. Je le jure.

— Merci, mon Dieu.

Il entoura ses poignets de ses mains et appuya ses lèvres dans l'une de ses paumes.

Elisabeth sentit la décharge de cette légère connexion dans tout son corps.

— Comment m'as-tu trouvé ?

— J'ai enfin réussi à faire céder Marcy, mais il faut que tu me promettes de ne pas la mettre dehors.

— Que veux-tu dire par « enfin » ?

— Je suis allée à ton bureau tous les jours après cette soirée.

— Ça fait quatre trains. Aller, et autant pour le retour.

— Crois-moi, je le sais. Tu ne vas pas licencier Marcy, n'est-ce pas ?

— Non.

— Bien.

— Pourquoi as-tu secoué la tête quand je t'ai demandé de m'épouser ?

— Tu m'as surprise.

— Comment as-tu pu en être étonnée après tout ce que nous avons partagé ? Tu savais à quel point je t'aimais. Je n'ai jamais aimé personne comme ça. Tu le *savais*.

— Passé composé ?

— Je… Je ne sais pas. Je ne sais pas, tout simplement. C'est toi qui *m*'as pris par surprise cette fois-ci.

— Est-ce que ça nous met à égalité ?

Ses lèvres scandaleusement sensuelles s'arrondirent pour un sourire extrêmement ténu, qu'elle reçut comme une petite victoire. Elle l'avait fait sourire.

— Il faudrait que j'y aille.

— Aller où ?

— En ville pour trouver un hôtel étant donné que j'ai raté le dernier bateau.

— Tu peux rester ici, Lizzie.

— Je ne veux pas que tu te sentes obligé…

— Pas du tout. J'ai cinq chambres inoccupées.

Elle prit comme un bon signe qu'il ne veuille pas la renvoyer. Elle ne l'en aurait pas blâmé s'il lui avait dit de partir.

— Quand as-tu acheté cet endroit ?

— Il y a deux ou trois ans, après être venu ici pour l'enterrement de vie de garçon de l'un de mes amis, je suis tombé amoureux de cette île.

— Tu ne m'y as jamais amenée.

— Je ne t'y avais pas *encore* invitée. La propriété dans les Hamptons est plus près de New York.

—Je préfère celle-ci.

— Tu n'as même pas encore visité la maison.

—Je sais déjà qu'elle me plaît davantage.

— À moi aussi. Je me suis mis à l'aimer beaucoup au cours du dernier mois.

Il se leva tout en gardant la main de la jeune femme serrée dans la sienne lorsqu'il se pencha pour prendre son sac de voyage abandonné au bord de la piscine.

— On va t'installer.

Heureuse de sentir cette main familière autour de la sienne, Elisabeth le laissa la conduire à l'intérieur, ses yeux fixés sur l'arrière de son short de surf qui mettait en valeur ses reins sensuels. Dès la première minute où elle l'avait rencontré, elle avait été frappée par son sourire incroyable, ses yeux d'un bleu vif, son intelligence pétillante et l'arrogance insolente qui était malgré tout charmante chez lui. En plus de tout cela, le fait qu'il était formidablement beau n'avait pas fait de mal.

Elle avait découvert sa richesse quelques jours plus tard – des journées dont elle avait passé chaque minute avec lui parce qu'il lui avait littéralement fait perdre la tête tellement elle était amoureuse. Ce premier week-end avait été étourdissant et, depuis, il n'avait cessé de l'épater. Elle, qui se faisait une gloire d'être une femme raisonnable, moderne, axée sur sa carrière, avait succombé tête la première à un beau parleur de milliardaire au cœur d'or.

Elle était devenue le genre de personne dont elle se moquait depuis toujours : une femme qui voulait être tout le temps avec son ami, abandonnant presque ses autres relations, sacrifiant son sommeil comme son temps libre et celui qu'elle avait toujours consacré au travail important qu'elle faisait auprès des femmes et enfants sans abri. Elle voulait être avec lui chaque seconde de chaque jour.

Il l'emmena jusqu'à une chambre qui avait une salle de bains attenante.

— Ça te convient ?

Elisabeth ne lui dit pas qu'elle aurait largement préféré partager son lit comme elle l'avait fait toutes les nuits pendant un an. Au lieu de cela, elle inclina la tête :

— C'est superbe. Merci.

Elle ne savait pas trop ce qu'elle devrait faire ensuite. Devait-elle lâcher sa main et lui dire qu'il pouvait la laisser ? Ou bien faire ce qu'elle voulait vraiment et lui demander de rester ? Ne serait-ce encore qu'un tout petit peu.

— Je suis heureux que tu sois ici, murmura-t-il après un court silence.

— Je suis heureuse aussi. Est-ce que tu veux bien rester un peu avec moi ?

La bataille qu'il se livrait à lui-même était absolument évidente pour elle, mais seulement parce qu'elle le connaissait si bien.

— Bien sûr.

Ce n'était pas un « bien sûr » tonitruant, mais elle s'en contenterait. Elle lâcha sa main pour retirer ses sandales. Emportant son sac de voyage avec elle, la jeune femme passa dans la salle de bains pour se rafraîchir et se changer. Elle hésita entre ses options qui étaient limitées : un débardeur et un short masculin ou la chemise de nuit en soie qu'elle avait apportée pour le cas où les choses se passeraient vraiment bien. Craignant que la chemise de nuit n'envoie un mauvais message, elle se décida pour le débardeur et le short. Il lui avait toujours dit qu'il l'aimait, quoi que ce soit qu'elle porte – ou avec rien. Ce souvenir faillit la faire se plier en deux de douleur. La possibilité qu'ils ne redeviennent jamais comme auparavant lui était presque insupportable.

Elle se brossa les dents, peigna ses cheveux, puis attendit d'avoir retrouvé son sang-froid avant de retourner dans la chambre. Il s'était allongé sur le lit et elle resta un moment à contempler les pectoraux bien dessinés, la toison d'un blond doré sur son torse et les muscles qui ondulaient dans son ventre. Elle n'avait jamais compris comment il arrivait à passer douze heures par jour au bureau et à rester aussi incroyablement en forme.

Soudainement, elle devint consciente qu'elle montrait beaucoup de peau et que son extrême minceur dirait à quel point elle avait été bouleversée. Lorsqu'il la dévora des yeux, elle regretta de ne pas avoir choisi la chemise de nuit.

Il souleva les couvertures, l'invitant à entrer dans le lit.

Comme elle avait hâte de se trouver couverte, elle fila sous l'édredon blanc semé de pâquerettes.

— J'aime beaucoup cette chambre. Tu l'as décorée toi-même ?

— Diable non, répondit-il avec un petit rire moqueur. C'est Sydney Donovan qui s'est chargée de la maison. Elle est décoratrice ici.

— Elle a réussi quelque chose de très joli.

— C'est vrai.

— Est-ce qu'on va parler d'édredon et de peinture, Jared ?

— Je ne sais pas. Tu crois ?

— C'est plus prudent.

— Probablement, admit-il. Je ne sais pas ce que je suis censé faire ou dire en ce moment et ça ne m'arrive jamais. Je sais toujours quoi faire et que dire.

Parce qu'elle n'aurait pas pu s'en empêcher, car il lui avait manqué vraiment terriblement et qu'elle l'aimait plus que tout au monde, elle tendit la main vers lui.

— Tu pourrais me tenir dans tes bras. Cela m'a tellement manqué de les sentir autour de moi.

Pendant une seconde, elle pensa qu'il pourrait la repousser, mais il ne le fit pas. Au contraire, il se glissa sous les couvertures et passa ses bras autour d'elle.

Elisabeth poussa un grand soupir de soulagement et appuya sa tête contre son torse ; elle entendit, pour la première fois depuis trop longtemps, son cœur qui battait régulièrement. Agissant comme par habitude, elle glissa une jambe entre celles de Jared et ferma les yeux pour empêcher ses larmes de couler lorsqu'elle sentit le froissement familier de ses jambes poilues contre sa peau beaucoup plus douce.

Il la tenait contre lui, si fort qu'elle pouvait à peine respirer.

— Lizzie… Seigneur, est-ce que je suis en train de rêver tout cela ? Est-ce que tu es vraiment ici, avec moi ?

— Je suis ici. Tout près de toi.

Et alors, il se mit à l'embrasser et à lui couper le souffle tant il prenait possession de sa bouche avec fureur. Il la dévorait tout simplement. Tout ce qu'elle pouvait faire, c'était se livrer à lui, ce qu'elle fit très volontiers. Elle allait à la rencontre de chaque coup de sa langue avec la sienne, car elle voulait lui donner tout ce dont il avait besoin.

Il recula tout d'un coup, la faisant sursauter.

— Quoi ?

— Je ne peux pas faire ça. Je ne peux pas être avec toi comme ça si je ne suis pas sûr que tu vas rester. Est-ce que tu vas rester ?

Elle aurait voulu crier un oui, mais il avait recommencé à l'embrasser et elle ne le pouvait pas. Pas pour le moment du moins.

— Je… Je ne sais pas, Jared. Il y a tellement de choses dont nous devons encore parler.

— Alors, nous parlerons, mais avant que nous l'ayons fait, je ne peux pas continuer. Je ne suis pas Superman, Lizzie. Je ne suis pas en bois.

Elle ravala les larmes qui lui venaient en voyant le chagrin gravé sur son visage.

— Je suis tellement triste de t'avoir blessé. Je n'ai jamais voulu cela.

Il se pencha pour l'embrasser sur la joue.

— Il faut que tu dormes. Nous parlerons demain.

Elisabeth le regarda quitter la pièce en se rappelant qu'il lui avait dit un jour, l'une des rares nuits où ils avaient été séparés par ses obligations professionnelles, qu'il ne pouvait pas supporter de ne pas dormir avec elle. Elle ne pouvait qu'espérer qu'ils retrouveraient un chemin l'un vers l'autre, parce qu'elle détestait, elle aussi, dormir sans lui.

CHAPITRE 5

Sachant qu'il était trop énervé – et excité – pour même espérer dormir, Jared sortit et se dirigea vers la piscine où il nagea vingt-cinq longueurs : il voulait faire quelque chose de productif quand l'énergie tapait dans ses veines. Lizzie était revenue. Elle était allée à son bureau tous les jours en espérant que Marcy lui dirait où il était.

Pourquoi Marcy ne le lui avait-elle pas dit ? *Parce que, crétin, tu lui as dit que tu ne voulais plus entendre parler de Lizzie et qu'elle t'a pris au mot.* Seigneur, était-il vrai qu'elle n'avait pas véritablement refusé sa demande en mariage ? Serait-il possible qu'il ait compris les choses tout de travers et leur ait fait passer à tous deux plus de cinq semaines en enfer, tout ça parce que son ego était si immense qu'il ne pouvait imaginer la femme aimée le repoussant véritablement ?

Pourtant, il ne l'avait pas imaginé : elle avait secoué la tête après qu'il l'eut demandée en mariage. Cela signifiait « non » dans n'importe quelle langue. Il s'était repassé ce moment dans sa tête encore et encore, et le choc avait toujours le pouvoir de lui faire verser des larmes s'il se permettait d'y repenser.

— Ne pas aller par là, dit-il à haute voix en flottant sur le dos tandis qu'il contemplait les étoiles constellant le ciel.

C'était l'une des choses qu'il aimait vraiment sur Gansett. Il faisait si sombre que les étoiles semblaient presque assez proches pour qu'on puisse les toucher. Il n'avait jamais été nulle part où il était possible de mieux les voir que sur l'île où il avait commencé à se sentir chez lui au cours des dernières semaines.

Il s'y était fait de vrais amis, ressemblant à ceux qu'il avait avant de gagner des montagnes d'argent et se trouve séparé des gens avec lesquels il avait grandi. Lorsqu'ils prenaient contact avec lui maintenant, c'était parce qu'ils avaient besoin de quelque chose que seuls son argent et lui pouvaient leur procurer. Il avait cessé de répondre à leurs appels quand il s'était rendu compte qu'ils étaient tous pareils. Même ses propres frères et sœurs étaient devenus des gens qu'il reconnaissait à peine depuis qu'il était riche.

Lizzie était devenue la seule personne dans sa vie sur laquelle il pouvait compter pour rester en contact avec le réel. Elle n'en avait absolument rien à secouer de son argent. Elle ne lui demandait jamais rien. Au contraire, elle était souvent visiblement mal à l'aise lorsqu'il essayait de faire des choses pour elle ou de lui donner ce dont la plupart des femmes rêveraient. Sa Lizzie n'était pas la *plupart des femmes*. Il l'avait su dès le tout début. Elle lui avait même reproché ses excentricités, l'avait ramené à plus de modestie en quelques répliques bien senties ; il voulait être un homme meilleur pour la mériter.

Il n'avait jamais été plus heureux que depuis leur rencontre. Jusqu'à ce qu'elle secoue la tête en un moment essentiel et qu'elle le réduise en mille morceaux. La retrouver dans ses bras, même pour quelques brèves minutes, lui avait rappelé à quel point il avait changé sans elle. C'est à peine s'il se reconnaissait dans la glace chaque matin. L'ancien roi de Wall Street, autrefois si sûr de lui, avait été détruit par l'amour. Imaginez un peu cela !

Il eut un rire qui devint un grognement lorsqu'il repensa à

elle dans son débardeur et le short masculin dans lesquels il venait de la voir. Elle ne savait pas du tout à quel point il la trouvait incroyablement belle ; l'avoir vue dans ces vêtements simples mais toutefois révélateurs lui avait donné envie de la supplier de revenir à lui, de lui pardonner tous les péchés qu'il avait pu commettre.

Cependant, il avait remarqué qu'elle avait perdu du poids, ce dont elle n'avait pas besoin. Il l'avait vu à son visage, où ses pommettes étaient plus proéminentes, mais aussi à ses os du pelvis plus saillants. Penser qu'elle n'avait pas mangé parce qu'elle était bouleversée de ce qui s'était passé entre eux le rendait malade d'inquiétude.

Il était prêt à faire n'importe quoi, à donner tout ce qu'il possédait, pour l'avoir de nouveau entre ses bras – et cela le troublait. Il lui était pénible de savoir qu'elle dormait chez lui et qu'il avait été assez stupide pour penser qu'il arriverait vraiment à dormir en la sachant là, à portée et pourtant si éloignée. Péniblement, il sortit de la piscine et s'assit sur la terrasse un long moment, retournant tout cela sous tous les angles et se demandant – et craignant – ce que le lendemain apporterait.

Lizzie se réveilla de bonne heure. Elle n'était pas tout à fait certaine d'avoir vraiment dormi et, selon ce que les douleurs dans son cou et ses yeux indiquaient, le sommeil ne lui avait pas apporté un mieux-être. Elle avait fait des rêves bizarres dans lesquels elle courait après Jared, mais il était rapidement hors d'atteinte. Elle espérait que ce n'était pas une métaphore de ce qui se passerait pendant cette journée.

Elle se força à quitter ce lit confortable, dans lequel elle s'était visiblement tournée et retournée tant les draps étaient en désordre et se dirigea vers la douche.

Lorsqu'elle fit couler l'eau, un autre souvenir lui revint. Jared lui avait toujours dit qu'il aimait la voir de bon matin, les cheveux en bataille, le visage rosi et ensommeillé. Elle pensait qu'elle avait une mine affreuse, mais il l'aimait comme ça.

Elle coupa l'eau, se brossa les dents et s'aventura hors de sa chambre pour voir s'il était déjà debout. Ils avaient passé nus une grande partie de leurs moments ensemble, mais elle ne s'était jamais sentie plus exposée que ce matin-là, parcourant la maison avec, pour tout vêtement, le débardeur et le short masculin.

La demeure de Jared était réellement magnifique. Sa décoratrice était partie d'un thème nautique qu'Elisabeth aimait beaucoup. Elle admirait les gens capables d'harmoniser un espace sans le moindre effort ; ce qu'elle tentait elle-même de faire sur ce plan ressemblait à de jolies choses achetées d'occasion, encore qu'utiliser le mot « jolies » serait peut-être beaucoup dire.

On trouvait ici le genre de classe discrète qui entourait Jared où qu'il se trouve, ce qui incluait son appartement d'un dernier étage new-yorkais, son bureau et sa maison du bord de mer dans les Hamptons. Pourquoi, se demandait-elle, avait-il acheté cet endroit alors qu'il avait déjà une maison en bord de plage ?

Ils avaient appris très tôt à éviter le sujet de sa grande richesse parce qu'il soulignait les nombreuses différences entre eux, que rien – ni l'amour, ni le temps, ni un engagement – ne pourrait réduire Il vivait tout simplement dans un monde si éloigné du sien qu'elle pouvait à peine en sonder les oppositions. C'est pourquoi ils s'étaient focalisés sur ce qu'ils avaient en commun : le plaisir d'écouter de la musique en direct, le soutien de causes importantes pour ceux qui étaient dans le besoin, l'essai de petits restaurants et les longues balades dans leur ville. C'était ce que faisaient ensemble les gens normaux et, dans ces moments, elle pouvait presque se tromper elle-même et croire qu'il était une personne normale.

Et puis, il se pointait dans une Bentley, vêtu d'un costume à dix mille dollars, l'emmenait à une soirée de charité pour l'une de ses causes préférées et elle devait se rappeler qu'il n'était pas comme elle. Il n'était comme personne qu'elle connaissait ou avait un jour connu. Ses amis lui avaient dit qu'elle était folle de se sentir intimidée par l'argent.

La plupart d'entre eux, elle la première, avaient encore des emprunts étudiants exorbitants qu'ils mettraient toute leur vie à rembourser.

Mais Elisabeth n'avait jamais été séduite par l'argent ou les possessions matérielles. Ses parents l'avaient élevée en lui disant que la richesse ne pouvait jamais acheter le bonheur, que celui-ci, véritable, se trouvait dans des relations pleines de sens avec les autres, un travail qui aidait les personnes en difficulté et une vie employée à se soucier de choses qui ne la concernaient pas directement. Une des phrases préférées de son père était qu'il fallait penser d'une manière universelle, mais agir au plus près de chez soi.

Elisabeth avait pris cette devise à son compte au travers de son travail dans un refuge : elle y aidait vraiment les femmes qui avaient survécu à des relations abusives, luttaient contre une dépendance et devaient affronter des défis que la plupart des gens ne pouvaient même pas imaginer.

Sa vie avait pris un sens exactement comme elle l'avait envisagé, jusqu'à cette soirée au Ritz où son regard avait rencontré les yeux étonnamment bleus de Jared. Dans ces quarante jours qu'elle avait passés sans lui, il lui était clairement apparu qu'elle pourrait, peut-être, continuer sans lui si c'était ce qui arrivait, mais qu'elle ne serait plus jamais la personne qu'elle avait été avant de le connaître. Tout était différent à présent. Il l'avait changée de plus d'une manière, qu'elle était peut-être seule à percevoir, mais qui étaient cependant absolument évidentes.

— Tu t'es levée de bonne heure.

Le son familier de sa voix rauque de bon matin la tira de ses pensées. Elle se retourna vers lui et se rendit compte qu'elle était en train de regarder dans le vide, par la baie vitrée, l'océan en contrebas.

Si elle se sentait épuisée, il avait l'air tout aussi exténué, remarqua-t-elle immédiatement. Il ne portait qu'un bermuda pour aller courir et il se tenait là, les mains sur les hanches, d'une manière presque défensive.

Transie, Elisabeth croisa les bras sur sa poitrine pour cacher l'effet physique que sa présence avait sur elle.

— Toi aussi.

Il haussa les épaules.

— Je ne pouvais pas dormir.

— Je n'ai pas beaucoup dormi non plus.

Il passa ses doigts dans ses cheveux, l'air très tendu, agité et peut-être un peu nerveux, ce qui n'était pas du tout dans son caractère. Jared James n'était jamais énervé. En fait, elle lui avait souvent reproché d'être excessivement sûr de lui. Naturellement, il s'en était bien moqué.

— Café ?

— Je ne refuse jamais du café.

C'était peut-être l'imagination d'Elisabeth, ou bien est-ce qu'il avait l'air soulagé d'avoir quelque chose à faire ? Elle le suivit dans la belle cuisine et s'assit sur l'un des tabourets qui entouraient le plan de travail central. Jared était du matin. Pas elle. Il avait pris plaisir à atténuer ses sautes d'humeur – en fait, sa morosité – en lui apportant du café et un petit déjeuner qu'il préparait lui-même et lui servait au lit.

Lorsqu'il posa quelque peu brusquement une tasse devant elle, Elisabeth se rendit compte qu'elle s'était une fois de plus laissé emporter par le souvenir du plus heureux temps de sa vie. Comme toujours, le café était exactement à son goût avec du lait et un tout petit peu de sucre.

— Merci.

— Allons sur la terrasse.

Elle prit sa chope et le suivit en passant par la porte-fenêtre coulissante.

— C'est magnifique, dit-elle en parlant du confortable salon de jardin en bois de teck et des plantes en pot que quelqu'un avait visiblement passé du temps à réunir. Je voulais te le dire hier soir.

— Je ne peux pas m'en attribuer le mérite, répondit-il en s'allongeant sur l'une des chaises longues. C'est encore Sydney, avec un peu d'aide de la part d'Alex.

Elisabeth se percha sur une chaise à côté de lui :

— Je suis vraiment étonnée que tu n'aies pas tout fait toi-même.

— Même pas vrai.

L'échange taquin avait presque l'air normal. Presque. La douleur était toujours présente, jetant sur tout un nuage sombre, malgré un ciel cristallin.

— Est-ce que je peux te demander quelque chose ?

— Tout ce que tu voudras.

— Pourquoi, exactement, as-tu fait *non* de la tête ce soir-là ? Peut-être n'as-tu pas prononcé le mot *non,* mais tout le monde aurait compris cette signification.

Elisabeth serra sa tasse plus fort entre ses mains, et c'était nécessaire parce qu'elles commençaient à trembler. On y était. Le moment de vérité.

— C'était la même chose, cette seule chose qui s'est toujours élevée entre nous.

— Ce damné argent, répondit-il avec un grognement de mécontentement. Sais-tu que j'ai passé une grande partie de mon temps ici à réfléchir à la façon dont je pourrais m'en débarrasser – complètement ?

Sachant à quel point il avait travaillé dur pour tout ce qu'il avait acquis, Elisabeth poussa un petit cri de surprise à cause de ce qu'il venait de lui révéler.

— Jared...

— Je le ferais, tu sais.

Il lui lança un coup d'œil adorablement hésitant :

— Je donnerais tout ce que j'ai si cela voulait dire que je pourrais t'avoir.

Consternée, elle pencha la tête :

— Tu ne devrais pas avoir besoin de devenir quelqu'un de totalement différent. Tu mérites mieux que ça.

— Je veux *te* mériter. C'est tout ce que j'ai désiré depuis la première minute où je t'ai vue.

— Tu me mérites, sans aucun doute. C'est moi qui ne te mérite pas. J'ai donné trop d'importance à l'argent. Pas comme le feraient certaines personnes, mais d'une autre manière qui est injuste à ton égard. Je ne veux pas que tu donnes tout ce que tu as. Tu as travaillé trop dur pour l'avoir pour t'en séparer.

— Qu'est-ce que ça signifie si je ne peux pas avoir la seule personne que j'aime plus qu'aucune autre ? Ça *rime à quoi*, Lizzie ?

— Tu m'aimes toujours autant que ça ? Même après ce que j'ai fait ?

— Oui, répondit-il d'un air triste. Je t'aime toujours autant.

Il la regarda, le chagrin étant visible sur son visage.

— J'ai passé quarante nuits sans dormir en réfléchissant à ce que ma vie serait sans toi. Je n'ai pas aimé ce que j'ai vu. Pas du tout.

— Moi non plus. J'ai détesté être sans toi. Il me semblait que mon bras droit avait été amputé. Quand je t'ai vu t'éloigner de moi, cet autre soir… J'étais anéantie.

— Je n'aurais pas dû faire ça. J'aurais au moins dû te ramener chez toi.

— Richard m'a reconduite jusqu'à ma porte, dit-elle en parlant du chauffeur de Jared.

— C'était à moi de le faire. C'est une autre chose qui n'a cessé de me torturer depuis. Pourquoi voudrais-tu épouser un type qui t'abandonne et te laisse seule en plein milieu de New York ?

— Je n'étais pas seule. Tu avais demandé à Richard de me raccompagner et c'est ce qu'il a fait.

— Ce qui est encore un autre exemple des nombreux privilèges dont je jouis : notamment celui de laisser en plan la femme que j'aime parce que je n'ai pas obtenu ce que je voulais d'elle et que je sais qu'un autre la ramènera chez elle.

— Ce n'est pas comme cela que cela s'est passé, Jared.

— C'est exactement ça qui est arrivé !

Rassemblant tout le courage qu'elle possédait, Elisabeth posa sa tasse sur une table et se leva pour se rapprocher de la chaise longue du jeune homme. Elle ne pouvait supporter d'être si près de lui, de le voir tellement bouleversé et de ne pas pouvoir le toucher.

— Que fais-tu ? demanda-t-il lorsqu'elle s'approcha de lui.

— Je viens près de toi.

Il la regarda pendant un long moment, retenant sa respiration, avant de faire ce qu'elle lui demandait et de lui laisser de la place à côté de lui.

Lorsqu'elle fut installée, elle tendit la main pour prendre la sienne et entrelaça ses doigts avec ceux de Jared.

— Je t'aime aussi. Je t'aime tellement – assez pour ne plus penser à tous les soucis et peurs que j'ai au sujet de l'argent et des idéaux que je sacrifierais pour vivre toujours avec toi.

— Ce sont *tes* idéaux, et ils sont importants pour toi. Tu as dit que je ne devrais pas avoir à abandonner pour toi ce que je suis. Eh bien, cela est vrai pour toi aussi.

— À quoi servent tout ce à quoi nous croyons, tout ce que nous possédons et nos valeurs s'ils nous éloignent de ce que nous voulons plus qu'aucune autre chose ?

— Que dirais-tu si nous faisions tous les deux quelques changements et abandonnions certaines des choses qui se sont mises entre nous ?

— Quel genre de choses ? demanda-t-elle prudemment.

— Je ne retournerai pas travailler dans l'entreprise.

— Quoi ? Attends une minute…

Son partenariat dans une société de courtage faisait tellement partie de lui. Elle ne pouvait presque pas l'imaginer sans un costume fait sur mesure et une serviette Hermès.

— J'ai pensé à un tas de choses depuis que je suis ici, et c'est l'une d'elles. Je n'ai plus envie de travailler douze à seize heures par jour alors que j'ai déjà plus d'argent que je ne pourrais en dépenser dans une vie entière. Je suis épuisé. Je ne savais pas à quel point je l'étais avant de m'éloigner pendant un mois de tout ce stress.

— Que feras-tu ?

L'idée qu'il prenne sa retraite à 39 ans était inconcevable. Il était trop dynamique et plein d'énergie pour cesser complètement de travailler.

— Je ne sais pas encore, mais j'ai pensé à déménager également.

— Où ?

— Ici.

Elisabeth le regarda fixement, pas vraiment certaine qu'il soit sérieux. Il en avait pourtant diablement l'air.

— Sais-tu qu'au cours des trois années où j'ai été le propriétaire de cette maison, j'ai passé un total de dix jours ici avant cette dernière visite ? Regarde cet endroit ! C'est comme un coin de paradis et il est resté inutilisé pendant tout ce temps. Qu'est-ce que j'essaie de prouver et à qui est-ce que je tente de le faire comprendre ? Je peux faire d'autres choses que gagner de l'argent.

— Quoi par exemple ? Et ne me comprends pas de travers. Je pense que tu as beaucoup de talents cachés, mais qu'est-ce que tu te verrais bien faire dans cette nouvelle vie à laquelle tu songes ?

— Peut-être m'occuper d'une fondation qui distribuerait

une partie de l'argent d'une manière utile. Pourquoi pas en aidant les gens à investir de leur épargne qui travaillerait pour eux. Je ne sais pas. Il n'y a rien de déterminé pour le moment, à part le fait que je vais quitter mon entreprise. Ça, c'est décidé.

— Tu en as déjà parlé à tes partenaires ?

— Non.

— Tu penses qu'ils vont dire quoi ?

— Ils vont être furieux. C'est moi qui attire le business.

Cela avait été dit sans aucune forfanterie. C'était la pure vérité et elle le savait aussi bien que ses associés.

— C'est tout simplement ce que je ne veux plus.

— Puis-je te poser une question ?

— Bien sûr.

— Si les choses ne s'étaient pas passées entre nous comme ça, est-ce que tu dirais que tu veux quitter l'entreprise ?

— Je ne sais pas, répondit-il en soupirant. Mais ce qui s'est passé avec toi m'a réveillé. Je ne peux pas le nier. Les gens aiment dire que l'argent n'achète pas le bonheur et je n'ai jamais été d'accord avec ça. J'ai grandi avec rien, si bien qu'avoir de l'argent m'a rendu diablement heureux. Jusqu'à ce que je perde la seule chose que l'argent ne peut pas acheter ; le reste a cessé de me séduire autant.

— Je suis navrée d'en avoir été la cause, soupira-t-elle à son tour.

— Tu ne l'as pas causé. Tu m'as aidé à voir qu'il y avait des choses à changer.

Il la regarda presque timidement, ce qui était adorable.

— Que penses-tu de mon île jusqu'à présent ?

— Elle est belle. J'ai vraiment apprécié tes amis, une fois compris que tu n'étais pas en train de faire des bêtises avec Daisy et Jenny, ajouta-t-elle avec un sourire penaud.

— Comment as-tu pu penser que j'étais intéressé par quelqu'un d'autre ? Cela me tue !

— Tu as quand même une petite réputation pour ce genre de choses, lui rappela-t-elle avec un sourire taquin.

Elle ne l'avait jamais soupçonné de la tromper. Ils avaient passé tellement de temps ensemble qu'il n'y en avait pas beaucoup de reste pour quoi que ce soit – ou qui que ce soit.

— Pas depuis que je t'ai rencontrée.

— Je suis désolée d'avoir pensé ça. Ce n'était pas bien de ma part d'arriver sans avoir été invitée et de tirer des conclusions hâtives.

— Je suis heureux que David t'ait vue et convaincue de revenir sur tes pas.

— Oui ? Vraiment ?

— Bien sûr que je le suis. L'idée que tu aies pu venir ici et que je ne l'aie jamais su...

Il secoua la tête, puis la regarda un bref instant.

— Que dirais-tu de déménager de New York pour venir dans un endroit plus calme et plus simple ?

— Tu es sérieux ?

— Très sérieux.

— Et mon travail ?

— Tu as donné à ce refuge douze à quatorze heures par jour, pendant dix ans de ta vie. Est-ce que tu n'es pas épuisée, toi aussi ?

— Parfois. Mais ils ont besoin de moi et j'ai besoin de ce travail. J'ai des factures qui ne vont pas disparaître tout simplement parce que je décide de quitter mon boulot.

— J'aimerais que tu me laisses rembourser tes emprunts.

— On ne va pas avoir cette discussion une fois de plus.

— Pourquoi pas ? Pourquoi ne veux-tu pas que je te rende la vie plus facile ?

— Parce que je ne suis pas partie pour avoir une vie « facile ». Je veux accomplir quelque chose dans mon existence.

Il se leva et lui prit la main.

— Je veux te montrer *quelque chose*.

Surprise, elle leva les yeux vers lui.

— Maintenant ?

— Tout de suite.

Elle retrouvait enfin le Jared qu'elle connaissait. Elle le vit dans l'étincelle d'excitation qui éclaira ses yeux tandis qu'il attendait qu'elle prenne sa main et le laisse la conduire. Comment pouvait-elle lui résister ?

CHAPITRE 6

$\mathcal{J}$ared espérait qu'il avait pris la bonne décision et n'allait pas aggraver la situation en montrant à Lizzie le domaine des Chesterfield. Au cours d'une autre longue nuit sans sommeil, il avait permis à son esprit de vagabonder, de se représenter une vie qui lui semblait idéale. Lizzie s'y trouvait au beau milieu, épouse imaginaire et mère des enfants de ses rêves.

Leur vie de famille continuerait sur l'île de Gansett, où il avait trouvé de véritables amis et un esprit communautaire qu'il n'avait jamais vu à l'œuvre à New York. Il avait découvert des gens qui semblaient l'aimer pour ce qu'il était, et non ce qu'il avait ; et le désir d'organiser une vie ici pour lui-même – et peut-être pour Lizzie, également – lui avait donné un nouvel objectif. Il avait eu une idée de génie à 3 h du matin, qu'il avait hâte maintenant de partager avec elle.

Après qu'il eut une conversation téléphonique rapide avec la représentante des Chesterfield qu'il avait rencontrée la veille, ils se douchèrent, prirent leur petit déjeuner de céréales et partirent dans la Porsche.

— Où allons-nous ? demanda Lizzie au moment où ils quittaient l'allée.

— Tu verras. Bientôt. En attendant, profite du panorama.

L'île de Gansett était belle comme jamais ce matin-là avec un clair soleil, des cieux d'un bleu vif et une douce brise venant de l'océan. Heureusement, Lizzie n'était pas arrivée quelques semaines plus tôt, au moment de la canicule qui avait rendu la vie difficile pour tout le monde, même ceux qui, comme lui, avaient la chance d'habiter des maisons avec l'air conditionné.

— La vue est vraiment superbe, s'extasia-t-elle tandis qu'ils suivaient la route côtière d'où ils pouvaient voir le premier ferry de la journée approchant de l'île. Tu crois que c'est comment en hiver ?

— D'après ce qu'on m'a dit, c'est tranquille, agréable et isolé.

— Et ça te plaît ?

— Beaucoup.

Elle ne sut que répondre et il ne tenta pas de défendre son point de vue. Elle aimerait ce qu'il faisait, ou bien non. Il ne pouvait l'y forcer et il n'avait pas l'intention d'essayer. Son projet, pour le moment, consistait à lui faire visiter le domaine des Chesterfield, lui parler de son idée et voir ce qu'elle en pensait. Pour le reste, ce serait à elle d'en décider.

Il était arrivé à la conclusion qu'il ne pouvait se changer totalement pour plaire à quelqu'un, même s'il s'agissait d'une personne qu'il aimait autant que Lizzie. Il espérait seulement qu'elle verrait ce qu'il voyait en découvrant le domaine et que son idée lui plairait. Si ce n'était pas le cas, il faudrait parler, savoir si leurs visions personnelles de ce qu'ils voulaient dans la vie avaient ou non quelque chance de s'accorder dans une vie commune.

C'était la seule façon dont ça pourrait fonctionner. Il désirait vraiment que ça marche avec elle mais, à présent, il n'était plus disposé à vendre son âme au diable pour que ce soit le cas. Cette conclusion avait également germé lors de sa révélation nocturne.

Ils remontèrent la longue allée qui conduisait au domaine ; Doro Chase attendait dans sa voiture de sport rouge. Elle en sortit, un grand sourire aux lèvres quand Jared s'arrêta derrière elle et coupa le moteur. Était-ce son imagination ou son sourire avait-il pâli lorsqu'elle avait vu la passagère dans sa voiture ?

— Où sommes-nous ? interrogea Lizzie.

— C'est le domaine Chesterfield.

— Oh, celui que tu vas peut-être acheter ? C'est magnifique.

Encouragé par sa première impression, il dit :

— Viens voir le reste.

Dora l'accueillit avec une poignée de main et une autre pour Lizzie lorsqu'il lui présenta l'agent.

— J'ai parlé à l'exécuteur testamentaire de madame Chesterfield, et votre offre est soumise à la considération de ses héritiers.

— Je suis content de l'entendre, répondit Jared. Je voudrais faire visiter la maison à Lizzie. C'est possible ?

— Bien sûr. Je vais vous ouvrir.

Lorsqu'elle eut déverrouillé la porte, elle se tourna vers eux.

— Voulez-vous que je vous guide ?

— Non, merci, fit Jared. Ce ne sera pas nécessaire.

— Prenez votre temps.

— Merci.

Il fit entrer Lizzie dans le vestibule carrelé tout de noir et blanc avec un lustre en cristal au-dessus de la table qui s'ornait de roses d'un jaune vif, de tournesols et d'autres fleurs dont il n'aurait su dire facilement le nom.

— Ce hall est plus grand que tout mon appartement ! s'exclama Lizzie en promenant son regard à travers la pièce.

Elle avait l'air agréablement impressionnée et enchantée et il en fut ravi.

— Je savais que tu dirais ça.

Elle avait dit la même chose l'an passé au sujet du salon de son appartement, situé au dernier étage d'un immeuble new-yorkais.

— C'est vrai ! Montre-moi le reste, Jared. Je veux tout visiter.

Son enthousiasme l'emplit d'espoir, une émotion qu'il n'avait pas ressentie depuis la nuit où tout s'était si mal passé entre eux. Il se concentra tout d'abord sur les pièces du rez-de-chaussée qui seraient idéales pour ce dont il avait rêvé à 3 h du matin.

— C'est incroyable, déclara-t-elle lorsqu'ils pénétrèrent dans la vaste véranda dominant l'océan. Est-ce que tu vas venir habiter ici si la vente se fait ?

— Non, répondit-il fermement. Diable non. Je n'ai pas besoin de tout ça.

Elle fronça les sourcils d'une manière adorable.

— Alors, pourquoi l'achètes-tu ?

— Tu veux la vérité ? C'est plutôt embarrassant et l'une de ces choses dans lesquelles tu vois une preuve de ma démesure.

— Je veux entendre ce que c'est.

— Au départ, j'ai fait une proposition parce que Jenny et Alex adorent cet endroit et qu'ils avaient envie de se marier ici. Parce qu'il a été mis en vente, leur demande a été refusée. Je me suis dit que si le domaine n'était plus sur le marché mais, au contraire, appartenait à un ami, ils pourraient avoir le mariage qu'ils méritent tous les deux.

Il lui raconta comment le fiancé de Jenny avait été tué pendant les attaques du 11 septembre et lui parla de la démence sénile contre laquelle se battait la mère d'Alex.

— Ils sont si heureux ensemble et, après tout ce qu'ils ont traversé, j'ai pensé qu'ils devraient avoir le mariage qu'ils dési-rent vraiment.

— Alors, tu as dépensé des millions de dollars pour le leur offrir ? demanda-t-elle d'une voix douce.

— Pour moi, ce n'était rien et pour eux, tout ce dont ils rêvaient.

Il attendit qu'elle exprimât du dégoût au sujet des millions qu'il dépensait sans même y penser alors qu'elle connaissait des tas de gens qui ne savaient pas d'où leur viendrait leur prochain repas. Il avait également donné à son refuge aussi généreusement qu'elle avait bien voulu le lui permettre, mais c'était un soutien financier qui n'allait pas au-delà de sa circonscription.

Jared ne s'y attendait absolument pas lorsque Lizzie se jeta dans ses bras. Il fut doublement surpris lorsqu'elle l'entraîna dans un baiser passionné. De la même façon, il fut certainement pris au dépourvu quand il sentit son cœur battre trois plus vite à cause de l'excitation que lui procurait sa présence là où il la désirait tellement.

— C'est la chose la plus incroyable que j'aie jamais entendue, déclara-t-elle, ses lèvres à moins de trois centimètres des siennes. Tu es la personne la plus formidablement généreuse que j'aie jamais rencontrée et j'ai été une idiote parfaite et complète. Pourras-tu jamais me le pardonner ?

— Lizzie, soupira-t-il, incapable de résister à son regret sincère. Je t'ai pardonné il y a longtemps. Je sais que c'est beaucoup demander à quiconque de nous accepter, mon style de vie et moi.

— Ce n'est pas vrai et c'était tellement bête de ma part de te laisser penser une seule seconde que je ne te voulais pas.

— Je sais que tu veux bien de *moi*. Ça n'a jamais été ça le problème, n'est-ce pas ?

Elle fit rouler sa lèvre inférieure entre ses dents en réfléchissant à sa question.

— Que comptes-tu faire avec cet endroit après le mariage de Jenny et Alex ?

— C'est là que tu interviens.

— Moi ? Que veux-tu dire ?

— Je pensais que tu pourrais vouloir utiliser ton diplôme

universitaire en transformant le domaine Chesterfield en un lieu prestigieux où l'on viendrait du monde entier pour se marier.

Elle était diplômée en communication événementielle et avait trouvé cet emploi au refuge faute d'un boulot dans son domaine. Ses yeux s'illuminèrent de ce qui aurait bien pu être de l'excitation ; il retint son souffle, attendant d'entendre ce qu'elle allait dire.

— Tu veux que *moi* je m'occupe de ça ?

— Seulement si cela t'intéresse.

Elle fronça les sourcils et lui donna un petit coup dans le ventre, ce qui le fit rire.

— C'est déloyal, ce que tu fais. Qui *ne serait pas* intéressé par un lieu comme celui-ci ?

— Je voulais que tu voies qu'il y a quelque chose que tu peux faire ici si tu choisissais de me rejoindre dans ma nouvelle vie.

— Tu veux que je sois avec toi dans la nouvelle vie que tu envisages ?

— Seulement si c'est ce que tu veux, toi aussi.

De nouveau, sa lèvre disparut entre ses dents.

— Qu'est-ce qu'il y a en haut ?

— Quelque chose comme quinze chambres qui pourraient être louées aux invités de la noce et une suite au dernier étage pour les couples heureux qui y commenceraient leur lune de miel.

— Montre-moi.

Il l'emmena à l'étage supérieur et lui montra chaque chambre, la regardant intégrer tout ce qu'elle voyait sans dire un mot de plus.

— Est-ce que je peux voir les jardins ?

— Bien sûr.

Ils sortirent dans la belle lumière du soleil et virent Alex, arrivé pendant qu'ils étaient à l'intérieur. Il fut heureux de les emmener faire un tour des jardins dont il s'occupait personnellement.

— Il faut que vous voyiez ça, déclara-t-il tandis qu'ils le suivaient et remontaient une allée de graviers menant au rond-point.

Ils tournèrent sous un saule qui ouvrait sur un jardin secret à l'abri d'un mur de haies.

Lizzie poussa un petit cri et se couvrit la bouche quand elle découvrit des milliers de fleurs de toutes les formes et couleurs.

— Oh, Alex… C'est incroyable !

— Je ne peux pas m'en attribuer le mérite, malheureusement. Ici, c'était la fierté et la joie de madame Chesterfield. Elle s'en occupait elle-même. Je me suis contenté de l'entretenir.

Lizzie pénétra plus avant dans le jardin, touchant, respirant et s'imprégnant de tout pendant que Jared demeurait auprès d'Alex et la regardait depuis l'entrée pratiquée dans la haie.

— Comment est-ce que ça se passe ? interrogea Alex à voix basse.

— Je ne sais pas encore. Nous essayons de nous faire une idée.

— Si je peux me permettre, j'espère que ça va marcher pour vous. Elle a l'air vraiment super.

— Oui, c'est vrai.

— Jenny est au septième ciel à l'idée de se marier ici. Merci pour ça. Je ne peux pas te dire ce que cela représente pour nous deux.

— J'espère que ça va se faire.

— Je ferais mieux de retourner travailler. J'ai été content de te revoir, Lizzie.

— Moi aussi, Alex. Merci de nous avoir montré ces merveilles.

— Tout aussi ravi. C'est l'endroit que je préfère sur l'île.

— Je comprends pourquoi.

Alex les laissa pour reprendre son travail et Jared s'avança davantage dans le jardin secret, à l'endroit où Lizzie était penchée au-dessus d'un buisson de roses roses, respirant le parfum des fleurs. Elle avait l'air si fraîche, si jolie et jeune avec ses cheveux pris dans une queue de cheval qui découvrait sa nuque.

Il avait envie d'embrasser chaque centimètre de ce gracieux bout de peau, mais il fit un effort pour se retenir. Ils auraient largement le temps pour ça si et quand ils auraient pris une décision.

— Tu penses à quoi ?

— Qu'Ève a dû éprouver cela lorsqu'elle se trouvait dans le jardin d'Éden. Tentée.

— Tu ne vas pas me comparer à un serpent, dis ?

Elle eut un rire cristallin qui fit sourire Jared.

— Jamais.

La voir rire rendait son cœur plus léger qu'il n'avait été depuis des semaines. Il ne voulait pas la presser de lui donner des réponses qu'elle n'était peut-être pas prête à formuler et il lui tendit la main.

— Allons déjeuner et je te montrerai d'autres coins de l'île.

Elle faillit le faire mourir en lui adressant un regard tendre quand elle prit sa main tendue.

Il l'emmena au *Bar de l'Aviron*, où elle s'émerveilla devant les milliers de rames peintes de couleurs vives. Jared insista pour qu'elle prenne un petit pain au homard et une soupe de palourdes – les spécialités de la Nouvelle-Angleterre. Elle apprécia grandement les deux, tout comme la vue sur le lac Salé très animé.

— C'est la marina des McCarthy là-bas, expliqua Jared en désignant l'extrémité nord du lac. C'est l'une des familles les plus connues de l'île. David a été un temps fiancé à leur fille.

Jared continua en lui racontant comment David avait récemment sauvé la vie de son ancienne fiancée et de son nouveau-né.

— Waouh. Il a dû avoir une peur bleue pendant tout ce temps.

— Il a dit qu'il n'avait jamais été plus effrayé de sa vie – ou plus déterminé à mettre en pratique ce pour quoi il avait fait ses études.

— Elle doit lui en être très reconnaissante. Je n'imagine pas ce que ce serait de devoir la vie et celle de mon enfant à mon ex.

Jared leva un sourcil.

— Tu as un ex qui est médecin ?

— On dirait que tu voudrais bien le savoir.

— Oui, je crois.

Elle lui lança sa serviette et, même si elle n'avait pas répondu à la question, voir l'humeur joueuse revenir entre eux ne fit qu'augmenter l'optimisme qu'il sentait en lui depuis le matin.

Après le déjeuner, il lui fit faire le tour de la ville et ils entrèrent dans toutes les boutiques alignées sur le bord de mer. La seule chose qu'elle acheta fut un bikini noir en solde afin de pouvoir nager dans sa piscine. Lorsqu'elle admira un bracelet fait d'une succession de coquilles Saint-Jacques en argent, il se hâta de revenir sur ses pas pour le lui prendre pendant qu'elle continuait de s'intéresser à des chapeaux excentriques dans une boutique.

De retour dans la voiture, il lui prit la main et glissa le bracelet à son poignet. Lorsqu'il fut en place, il porta sa main à ses lèvres et s'y attarda, respirant le parfum fleuri de son lait pour le corps.

— Merci, murmura-t-elle, le regardant de ses yeux d'un brun liquide débordant d'autant d'amour et de désir qu'il en ressentait à son égard.

Il ne put pas davantage résister au besoin de se pencher au-dessus d'elle et de l'embrasser avec l'ardeur de semaines d'attente refoulée.

Elle lui rendit son baiser avec une ferveur égale, sans se soucier qu'ils soient garés dans une rue animée.

— Seigneur, Lizzie…

Il appuya son front contre celui de la jeune femme et se concentra pour aspirer de l'air dans ses poumons qui manquaient d'oxygène.

— Je te désire tellement. Tu ne peux pas savoir à quel point.

— J'ai envie de toi tout autant, mais nous n'avons pas encore résolu quoi que ce soit. Et ce que tu as dit hier soir…

— Ça n'a pas d'importance. Tout ce que je sais, c'est que je te veux.

Elle l'étudia un long moment, comme si elle cherchait à mémoriser chaque détail.

— Rentrons chez toi.

Pendant l'année qu'ils avaient passée ensemble, Elisabeth avait fait l'amour avec Jared des centaines de fois. Peut-être même un millier ou plus. Avec lui, elle avait essayé des choses qu'elle n'avait faites avec personne. Cependant, debout devant le miroir de la salle de bains et vêtue de la chemise de nuit en soie qu'elle avait apportée en pensant à cette possibilité, elle avait l'impression que c'était de nouveau une toute première fois.

Pour le moment, elle gagnait du temps pour laisser ses nerfs se calmer, alors même qu'elle savait qu'il n'en était nul besoin. C'était Jared et il l'aimait. Peu importaient les différends qu'ils pouvaient ou pourraient continuer à avoir, elle n'avait jamais douté de l'amour qu'il lui portait.

Elle sortit de la salle de bains et le trouva assis sur le lit dans lequel elle avait dormi, vêtu seulement du bermuda vert olive qu'il portait un peu plus tôt.

Regardant son torse musclé, elle passa sa langue sur ses lèvres tellement elle souffrait de ne pas pouvoir l'aimer à l'instant même.

Il se leva et tendit sa main vers elle ; un muscle pulsant dans sa joue trahissait seul le fait qu'il puisse être nerveux ou inquiet au sujet de ce qu'ils s'apprêtaient à faire.

— Viens avec moi, dit-il d'une voix rauque.

Elisabeth prit sa main et le suivit, traversant le salon jusqu'à une immense suite parentale donnant sur l'océan, dont les murs étaient couverts du haut en bas de miroirs. Des voilages d'un blanc parfait se gonflaient sous la brise de la fin d'après-midi. Un lit king size couvert d'un duvet beige occupait un côté de la pièce et un coin salon, qui avait l'air très confortable, meublait l'autre moitié. Les lampes avaient été montées en se servant de coquillages et Elisabeth se pencha pour regarder de plus près l'une d'elles.

— C'est adorable, dit-elle avec sincérité. Ton amie Sydney a un goût merveilleux.

— Je suis content que ça te plaise. Je lui ai dit de faire les choses de manière simple parce que je sais que c'est ce que tu préfères.

— Je pensais que tu avais cette maison depuis trois ans.

— Oui, mais je ne me suis pas soucié de la décoration avant d'avoir envie d'y amener quelqu'un. Sydney a passé tout l'hiver dernier sur ce projet. J'avais l'intention de te faire venir ici cet été.

— Tu pensais à moi lorsque tu l'as décorée, dit-elle doucement.

— Je pense à toi tout le temps.

Elle fit glisser ses mains sur son torse, remontant jusqu'aux épaules de Jared.

Ses bras entourèrent sa taille, l'attirant contre lui.

— Tu es belle.

— Tu es beau.

— Pas plus que toi.

— Combien de fois nous sommes-nous chamaillés à ce propos ? interrogea-t-elle en souriant.

— Pas suffisamment à mon goût. Je pense que nous devons

recommencer encore au moins un million de fois avant de dire qui est le vainqueur.

— Au minimum.

Avant lui, Elisabeth n'avait jamais fait l'amour pendant la journée. Ses rapports, peu nombreux, avaient toujours eu lieu la nuit, le plus souvent avec des hommes qui recherchaient d'abord et avant tout leur propre plaisir. Depuis qu'elle était avec Jared, ses horizons s'étaient élargis de toutes les manières possibles, mais là encore, alors qu'il la faisait reculer vers le lit, tout entre eux était à nouveau comme au premier jour.

— Qu'est-ce qui ne va pas ? demanda-t-il, perspicace comme à son habitude.

— Pour la première fois depuis des semaines, rien du tout.

— Alors, pourquoi est-ce que tu fais ce mouvement avec tes lèvres comme quand tu as quelque chose en tête.

— Je me sens nerveuse.

— Non, Lizzie, murmura-t-il en faisant courir ses mains le long de ses bras. Il ne faut pas.

— J'ai l'impression que toute ma vie est en jeu et que je vais encore faire quelque chose qui gâchera tout.

— Le seul risque que tu puisses prendre serait de dire non de la tête.

Le commentaire était tellement inattendu qu'Elisabeth ne put empêcher le rire en cascade qui s'échappa de ses lèvres.

— Alors, c'est devenu un sujet de plaisanterie maintenant ?

— Cela n'a jamais été mon intention, répliqua-t-il.

Ses lèvres tremblaient tellement il était amusé.

— Mais je crois que c'est drôle, en effet. Tant que tu ne le fais pas.

— Je ne le referai jamais. Jamais.

— Ne sois pas nerveuse. Je suis là et je t'aime. Je t'aimerai toujours.

Elle ne voulait pas pleurer. Elle avait assez versé de larmes au cours des dernières semaines pour qu'elle n'en ait plus en réserve. Mais l'entendre dire qu'il l'aimerait toujours eut raison de ce qui lui restait de sang-froid.

Jared sécha ses larmes sur ses joues en les embrassant.

— Ne pleure pas, ma chérie. Tu sais que je ne peux pas le supporter.

Il continua à embrasser son visage et sa mâchoire puis descendit le long de son cou, la faisant frissonner.

— Il y a tant de choses plus agréables à faire que de pleurer.

Ses lèvres vinrent à la rencontre de celles de la jeune femme et y demeurèrent pendant qu'il les faisait s'allonger sur le lit.

Elisabeth aimait son poids sur elle. Il s'était inquiété de pouvoir l'écraser parce qu'il était tellement plus grand qu'elle, mais elle avait toujours aimé sentir son corps musclé pressé contre le sien. Elle commença à faire courir ses mains le long de son dos tandis que la langue de Jared jouait avec la sienne et que sa main entourait son sein, frottant son pouce contre son téton.

Les sensations la traversèrent avec puissance, l'une après l'autre, se succédant avant qu'elle puisse analyser la précédente. Parce qu'elle le désirait, elle glissa ses doigts vers l'arrière de son bermuda, lui tirant un petit cri.

— Je ne veux pas attendre, Jared.

Son front posé contre celui de Lizzie, il parut se concentrer et combattre ses propres émotions. Puis il recula, mais seulement pour l'aider à retirer la chemise de nuit qui la couvrait. Il lui avait appris à se sentir à l'aise avec lui, à être libre avec son corps sans jamais se poser de questions devant lui.

Mais c'était avant, et il s'agissait de maintenant. Elle se sentit nue et exposée tandis que son regard la détaillait lentement, attentivement, du sommet de sa tête jusqu'à la plante de ses pieds. Il déboutonna et fit descendre la fermeture Éclair de son bermuda. Comme par le passé, la vue de son corps nu fit monter en elle un désir gourmand. Selon ce que son érection rigide indiquait, il en allait de même pour lui. Il s'approcha du lit, y mit un genou et ses mains vinrent écarter doucement les jambes de la jeune femme.

Elisabeth reconnut la chaleur dans ses yeux lorsqu'il les arrêta sur ses parties les plus intimes, puis il se pencha pour déposer de doux baisers sur l'intérieur de sa cuisse.

Elle gigota sous lui, souhaitant qu'il continue, mais elle savait d'expérience qu'il ne se laisserait pas presser. Comme d'habitude, il prit son temps et elle faillit perdre la tête à force d'attendre qu'il se concentre sur l'endroit qui brûlait pour lui. Juste au moment où elle pensait qu'elle allait devoir le supplier, il se servit de sa langue.

Seigneur, il sait y faire.

Alors qu'ils étaient éloignés l'un de l'autre, elle avait passé un temps considérable à revivre des moments comme celui-ci, où il utilisait tout ce qu'il avait dans son arsenal pour détruire ses défenses.

— Seigneur, ma chérie, murmura-t-il. Cela m'a manqué. *Tu m'as* manqué.

Elisabeth prit ses cheveux dans son poing, ce qu'elle n'avait jamais pu faire auparavant quand ils étaient si courts, et se cambra pour venir à la rencontre de ses coups de langue.

— Jared… *Je t'en prie.* J'ai envie de toi.

— Je suis là, chérie. Juste là.

Il poussa deux doigts en elle pendant qu'il se concentrait sur son clitoris, le suçant jusqu'à ce qu'elle jouisse avec un cri, le plaisir traversant tout son corps comme un courant électrique.

Il resta sans bouger pendant tout l'orgasme qui paraissait devoir durer éternellement, se retirant seulement lorsqu'elle se laissa retomber sur le matelas, désarticulée et épuisée par une jouissance puissante.

Elle avait à peine commencé à récupérer qu'il s'allongeait sur elle, remontant les jambes de Lizzie pour qu'elles viennent entourer ses hanches.

— C'est toujours bon de faire ça sans préservatif ? demanda-t-il d'une voix hésitante.

Ils avaient attendu longtemps avant de décider de passer un test pour pouvoir abandonner les condoms.

— Oui.

Elle prenait la pilule d'une manière régulière depuis longtemps.

— Il n'y a eu personne d'autre.

— Je sais, dit-elle.

Cependant, elle était contente de cette confirmation.

Lentement, il la pénétra, son regard fixé sur le sien, si bien qu'elle ne pouvait regarder ailleurs même quand les émotions approchèrent du niveau de non-retour.

— Lizzie… C'est si bon.

— Mumm.

Elle leva les hanches pour se rapprocher davantage de lui.

— Tout le temps où nous avons été séparés, la seule chose à laquelle je pouvais penser, c'était comment je pourrais passer le reste de ma vie sans plus jamais te toucher.

Ses mains entourèrent son sein tandis que ses lèvres se resserraient autour de son téton.

Ses mots ajoutés à la pression intense de son pénis poussant en elle et à la chaleur de sa bouche sur son aréole la ramenèrent immédiatement au bord de la jouissance.

— Pas encore, ma puce, murmura-t-il d'une voix rauque.

Il lui avait appris comment retarder l'orgasme pour qu'ils puissent accéder ensemble au plaisir. Passant un bras autour de sa jambe gauche, il accéléra le rythme, ce qui faisait d'un orgasme retardé un défi encore plus grand.

Elisabeth serra les dents pour ne pas se laisser emporter par le désir de s'abandonner à la jouissance qui montait avec chaque coup de ses hanches. Elle savait qu'il en était proche parce que ses yeux se fermaient peu à peu, ses lèvres s'ouvraient et son souffle devenait plus profond ; autant de signes qu'elle avait appris à reconnaître pendant le temps qu'ils avaient passé ensemble.

— Lizzie, haleta-t-il. Je t'aime tellement. J'ai besoin de toi.

Elle l'entoura de ses bras, s'accrochant fermement à lui tandis qu'il les emmenait tous les deux au bord de l'orgasme, puis l'y faisait basculer en jouissant lui-même avec un grognement contre son oreille qui lui donna la chair de poule.

— Je t'aime aussi.

CHAPITRE 7

Il était toujours en elle, pulsant encore des après-coups. Il leva la tête et rencontra son regard. Elle ne pouvait croire les myriades d'émotions qu'elle lisait dans ses yeux expressifs. Mais surtout elle vit de l'amour.

— Lizzie... Épouse-moi. Viens vivre ici avec moi. Dirige le domaine Chesterfield ou fais quelque chose d'autre. Tout ce que tu voudras. Je te donnerais tout, si seulement...

Refoulant ses larmes, elle l'embrassa, se délectant encore de son goût unique.

— Oui. Oui. *Oui.*

Elle l'embrassa une nouvelle fois.

— D'autres questions ?

Il fit non de la tête ce qui la fit rire à travers ses larmes.

— Dans ce cas précis, on a le droit de secouer la tête, admit-elle.

— Tu vas vraiment m'épouser ?

— Je vais vraiment t'épouser.

— Et pour la question de l'argent ?

— Que veux-tu savoir ?

— J'en ai toujours. Et tu n'en veux toujours pas.

— Si cela signifie que je t'aurai, toi, je vais apprendre à vivre avec.

— Tu me laisseras rembourser tes emprunts étudiants ?

— Certainement pas !

— Et quand tu seras ma femme ? Je ne voudrais pas que ta dette à la con me fasse plonger dans le rouge.

Elisabeth sourit en voyant la lueur taquine dans ses yeux.

— Tant pis. Tu me prends, tu prends mon idiote de dette, et je la rembourserai toute seule. Un jour.

— Tu seras toujours aussi entêtée ?

— Voui.

Il soupira d'une façon vraiment mélodramatique.

— Je pense que je vais apprendre à vivre avec.

Elle sourit parce qu'il jouait avec ses mots.

— Et pour le refuge, ma puce ? Je ne voudrais pas te voir penser que je ne me rends pas compte de l'importance de ton travail – pour toi et toutes les personnes que tu aides.

— J'adore ce boulot et les gens ; et j'aime savoir que je suis utile.

— Tu n'es pas obligée d'abandonner ce travail si tu ne le veux pas, Lizzie. Nous pouvons vivre à New York. Je suis certain que je trouverai beaucoup de choses à y faire.

Elisabeth caressa son visage car elle se rendait compte des sacrifices qu'il était prêt à faire pour qu'elle soit heureuse.

— Il y a une jeune femme qui a commencé à travailler au refuge voici à peu près six mois.

— Aimée ?

Il s'intéressait à son travail, ce qu'elle avait apprécié bien avant qu'elle ne le fasse fuir avec un hochement de tête.

— Oui, c'est elle. Elle est formidable. Je pense qu'elle fera un travail extraordinaire en tant que directrice – peut-être même encore mieux que moi qui y suis depuis tant d'années. C'est épuisant à la longue, tu sais ? Tu as beau aider beaucoup de gens, il en vient toujours plus. C'est un défilé sans fin de personnes qui sont dans une détresse terrible.

— Tu m'as ouvert les yeux sur des choses auxquelles je n'avais jamais prêté attention avant de te connaître. C'est pourquoi je voudrais créer une fondation où tu pourras continuer à te rendre utile, peu importe où nous nous installerons.

— Je pense, commença-t-elle en hésitant, que j'aimerais venir vivre ici, avec toi, tes nouveaux amis, tes nouvelles activités et cette belle maison. Et j'aimerais avoir un rôle dans ta nouvelle fondation.

Il la contempla comme s'il voulait ne pas perdre une miette de ce qu'il voyait.

— Tu vas me réveiller dans quelques secondes et me dire que j'ai rêvé tout cela ?

Elle commença à secouer la tête de gauche à droite mais s'arrêta, ce qui le fit rire.

— Non, tu ne rêves pas. Je suis ici et je désire la même chose que toi.

— Ne bouge pas !

Il sortit du lit et traversa la pièce.

Elisabeth se souleva sur une main pour mieux admirer les reins magnifiques qui se penchaient au-dessus de la commode. Puis il se retourna et ce qu'elle voyait était encore plus beau. Elle se lécha les lèvres, absolument ravie à la pensée qu'elle aurait le reste de sa vie pour le regarder toutes les fois où elle en aurait envie.

— Tu regardes quoi ? demanda-t-il avec un sourire malicieux en revenant dans le lit. — Je regarde mon fiancé qui est très séduisant.

Son visage se vida de toute expression si bien qu'elle se demanda ce qu'il pensait.

— T'entendre m'appeler comme ça… Je… C'est tout simplement formidable et une leçon d'humilité. La dernière fois, nous n'étions pas encore arrivés au moment où la bague fait son apparition dans le programme.

Il lui prit la main gauche et glissa à son doigt une bague avec un pavé en diamant, puis il embrassa le dessus de sa main.

— La plupart des gens diraient que j'ai tout ce qu'un homme pourrait vouloir : plus d'argent que je ne pourrais en dépenser en une vie, trois magnifiques maisons, des voitures qui me rendent heureux lorsque je les conduis. Je peux aller où je veux, faire ce qui me plaît, sans plus jamais me soucier de l'argent. Mais sache ceci, Elisabeth avec un S... Rien de tout cela n'a une quelconque importance si je ne t'ai pas. *Tu es tout pour moi.* Le reste, c'est juste des choses.

Le cœur d'Elisabeth battait la chamade tandis que ses mots pénétraient son cerveau.

— C'est une belle bague.

Ce qui était tout à fait vrai... De chaque côté de l'éblouissante pierre centrale, des diamants plus petits étaient sertis dans du platine.

— Je suis heureux qu'elle te plaise. J'ai été dans la sobriété.

— Ce que j'apprécie, répondit-elle en souriant. La bague est magnifique, mais ce que tu as dit... Ce sont les mots les plus beaux que j'aie jamais entendus et ils sont plus importants à mes yeux que tout ce que tu aurais pu m'offrir.

Elle se pencha pour l'embrasser, s'attardant lorsqu'il répondit avec une ardeur surprenante.

— Et tu es tout pour moi également. Je l'ai compris lorsque je t'ai regardé t'éloigner de moi ce soir-là, sachant que je t'avais fait du mal alors que c'était la dernière chose que je voulais. J'espère que tu le sais.

— Oui. Je le sais.

Il l'entoura de ses bras et l'entraîna dans un autre baiser qui lui fit tourner la tête.

— Tu sais, il est possible que ce qui s'est passé dans ce restaurant sur le toit s'avère être la meilleure chose qui aurait pu nous arriver.

— Comment ça ?

— Cela nous a donné à tous les deux le temps de porter un nouveau regard sur notre avenir, de comprendre ce que nous voulions réellement.

— Tu savais déjà ce que tu désirais vraiment. C'est moi qui ai tout gâché.

— Pas seulement toi, Lizzie. Je savais que tu étais mal à l'aise avec l'argent et mon style de vie, si bien qu'essayer de t'en mettre plein la vue avec le restaurant sur les toits, le smoking, la Bentley et ma demande en mariage – qui arrivait sortie d'on ne sait où – n'était pas la bonne approche. Je le comprends à présent. J'aurais dû le voir à ce moment-là. Ma chérie préfère toujours avoir moins que plus.

— Tu n'as rien fait de mal. N'importe quelle femme aurait été enchantée d'une demande en mariage aussi romantique.

— Toutes les femmes sauf celle qui est la plus importante à mes yeux. Elle est la seule de son espèce et ne ressemble à aucune autre.

Elisabeth lui sourit puis se souleva sur les mains et se pencha au-dessus de lui pour saupoudrer son torse de baisers et le mordiller légèrement, ce qui, elle le savait, le rendait fou. Ravie parce qu'il respirait profondément et gémissait doucement, elle continua de descendre le long de son ventre auquel elle prêta la même attention, faisant courir sa langue sur les côtes qui soulignaient des muscles tressaillant sous cette caresse.

Elle aimait la façon dont il répondait, comment il lui montrait que, quoi qu'elle fasse, tout ce qu'elle lui faisait était exactement ce qu'il désirait. Parce qu'il était un homme, il y avait une chose qu'il aimait par-dessus tout et c'était la seule chose qu'Elisabeth n'avait jamais faite à personne avant de tomber follement amoureuse de lui.

Tout en parsemant son ventre de baisers et en descendant

toujours plus bas, elle se souvint d'une nuit, il y avait longtemps de cela, où elle lui avait demandé de lui montrer comment il aimait qu'on lui fasse ça. L'expression incrédule et heureuse qu'elle avait vue sur son visage était une image vers laquelle elle était revenue à maintes reprises au cours des semaines qu'ils avaient passées éloignés l'un de l'autre.

Elle entoura de sa main la base épaisse de son pénis et la pressa, lui tirant un léger cri qui se changea en gémissement lorsqu'elle le prit dans sa bouche. Il lui avait appris comment le prendre dans sa gorge, comment sucer le gland sensible et utiliser sa langue pour lui apporter le maximum de plaisir. Après des semaines où elle s'était demandé si elle le reverrait jamais un jour, sans parler de le toucher aussi intimement, elle voulait lui montrer à quel point elle l'aimait.

À en juger par ses gémissements de plaisir, les poussées de ses hanches, la prise ferme qu'il avait de ses cheveux et le tremblement de ses jambes, il aimait ce qu'elle faisait. En revanche, ce qu'elle n'aimait pas, c'était le laisser jouir dans sa bouche ; c'est pourquoi il multiplia ses efforts pour la repousser tandis qu'elle redoublait d'ardeur, bien décidée à aller jusqu'au bout cette fois-là.

Elle le prit profondément et avala tout en ajoutant de vigoureuses caresses de sa main, lui tirant un grognement sonore.

— Lizzie, *foutre... Seigneur.*

Ses mains resserrèrent leur prise dans ses cheveux.

— Ma puce, arrête... Tu n'es pas obligée de... Oh, *mon Dieu.*

Elle ne s'arrêta pas. Ou plutôt, elle continua jusqu'à ce qu'il explose dans sa gorge, pulsant et criant de la jouissance puissante qu'elle lui avait offerte. Elle savoura sa réaction, ravie et fière de le voir respirer avec difficulté tandis qu'elle remontait vers ses lèvres en l'embrassant partout.

— Tu m'as complètement vidé, ma chérie, déclara-t-il entre des baisers.

— Tel que je te connais, tu vas récupérer en un rien de temps.

Il la surprit en agrippant ses reins, ses doigts plongeant entre ses fesses où il se rendit compte que, de l'avoir fait jouir, elle était proche de l'orgasme elle aussi. Ses doigts envoyèrent comme un courant électrique à travers elle et cette découverte eut pour effet de le faire bander de nouveau, comme s'il n'avait pas joui juste cinq minutes plus tôt.

Elisabeth pensa que c'était ainsi qu'ils étaient ensemble : insatiables, infiniment créatifs, heureux de passer de longues heures tous les deux sans rien avoir à faire que trouver de nouvelles manières de se donner l'un à l'autre du plaisir.

Passant ses mains sous les bras de la jeune femme, il la hissa vers lui afin de mieux aligner leurs corps pour ce qu'il avait en tête.

— Comment peux-tu être prêt à recommencer aussi vite ?

— C'est toi, ma chérie. Tu m'excites, rien qu'en respirant.

Autrefois, quand elle venait juste de faire sa connaissance, elle aurait pu penser que c'était une réplique digne d'un play-boy chevronné qui savait vraiment dire à une femme exacte-ment ce qu'elle voulait entendre. Mais après une année avec lui, elle le connaissait mieux. Il pensait chaque mot qu'il lui disait, et elle en était arrivée – après un temps – à le croire lorsqu'il lui affirmait qu'aucune femme ne l'avait jamais touché comme elle le faisait.

Elisabeth s'assit, chevauchant ses hanches et il la pénétra doucement ; elle haletait du plaisir que cela lui procurait sur sa peau déjà sensible. Elle était toujours un peu endolorie après avoir fait l'amour, mais d'une façon agréable – de la meilleure manière qui soit. Grimaçant parce que c'était légèrement douloureux, elle se laissa lentement descendre pour le prendre en elle.

— Doucement, ma puce. Je sais que tu es encore sensible.

Ses doigts tournant autour de son clitoris, il s'assit et attira le bout d'un sein dans sa bouche, ce qui permit d'accélérer sa pénétration.

— Ça faisait un moment, murmura-t-elle en l'entourant de ses bras tandis qu'elle glissait encore plus bas.

— C'est tellement bon.

Ses lèvres vibraient contre son cou, déclenchant une nouvelle onde de sensations dans tout son corps.

— Il n'y a rien qui soit meilleur que d'être en toi.

Il agrippa ses fesses, imprimant un mouvement de haut en bas, créant un frottement indicible.

Si elle avait été capable de parler, elle lui aurait dit qu'il n'y avait rien de mieux que de le sentir en elle. Mais il avait retiré tout l'air dans ses poumons et les mots de sa bouche avec les mouvements subtils de ses hanches, doigts et langue. Il en avait été ainsi pour eux depuis le tout début, une connexion qui ne pouvait être niée, malgré tous les efforts qu'elle avait faits au début pour en combattre l'évidence. Et elle avait essayé. Et il avait insisté, la convainquant parce qu'il croyait fermement que des personnes venant de mondes différents pouvaient coexister harmonieusement si elles faisaient fi du bruit autour d'elles et se concentraient sur les choses qui marchaient parfaitement pour elles.

C'est ce qu'elle avait donc fait. Elle n'avait plus pensé qu'à lui, qu'à eux, au fait qu'ils s'entendaient si bien de mille façons ensemble ; cela valait mieux que de s'attarder sur les rares choses qui posaient problème. Mais toujours, menaçante à l'arrière-plan, il y avait la réalité de leurs deux vies si différentes. De temps à autre, l'une de ces oppositions aveuglantes rendait les choses difficiles entre eux. Ils avaient réussi à les traverser. Toujours, sauf à la fin de la soirée dans le restaurant sur le toit, quand il n'avait plus été possible de nier leurs divergences.

— Où étais-tu passée, ma chérie ? murmura-t-il de sa voix rauque, la ramenant au présent.

— Je suis ici. Tout à côté de toi.

Elle fit courir ses doigts dans les cheveux de Jared.

— J'aime tes cheveux un peu plus longs.

— Je me demandais si tu aimerais.

— Si. J'aime beaucoup.

— Alors, je vais les garder comme ça, juste pour toi.

Ravie, Elisabeth roula des hanches, récompensée une nouvelle fois parce que Jared resserrait encore ses doigts sur ses fesses.

— Pas encore, dit-elle en lui souriant.

Il se mordit la lèvre, ce qu'il faisait lorsqu'il avait du mal à se retenir, et intensifia ses efforts pour l'amener là où ils voulaient être tous les deux. Elle était si prête du fait de ses caresses précédentes qu'il ne lui en fallut pas beaucoup pour qu'elle atteigne un nouvel orgasme qui la laissa haletante. Il fut un temps où elle pensait qu'elle ne pouvait jouir qu'une seule fois par jour. C'était une autre de ses nombreuses idées préconçues que Jared James l'avait aidée à dissiper.

Il ne faisait qu'un avec elle, la tenant serrée contre lui pendant tout ce voyage, jusqu'à ce qu'ils s'affaissent ensemble sur le lit, se retenant l'un à l'autre dans les derniers soubresauts de la jouissance.

— Ne me quitte plus jamais, Lizzie. Je n'y survivrais pas.

— Je ne te quitterai pas. Je le promets.

L'appel téléphonique qu'il attendait arriva le matin suivant, à 9 h. Ils étaient encore au lit, qu'ils n'avaient pas quitté depuis l'après-midi précédent ; Jared avait juste émergé pour réceptionner ce qu'un restaurant leur livrait. Il lui avait apporté ce repas au lit. L'appel venant sur son téléphone portable privé, il tendit la main pour le prendre sur la table de chevet.

— Jared James.

— Bonjour. Doro Chase à l'appareil, l'agent des héritiers Chesterfield.

La main de Lizzie descendit de son torse jusqu'à son ventre, lui faisant comprendre qu'elle était réveillée. Si elle s'aventurait un peu plus bas, elle s'apercevrait qu'il était bel et bien éveillé lui aussi.

— Oui, bonjour. J'espère que vous avez de bonnes nouvelles pour moi.

— Certainement. Les héritiers ont accepté votre offre.

— Excellent. Étant donné qu'il s'agira d'une transaction en liquide, j'aimerais que l'affaire soit conclue d'ici à deux semaines. Des affaires pressantes imposent que j'aie la propriété du domaine dans les quinze jours à compter d'hier. J'imagine que vous pouvez arranger cela ?

Jared aurait presque pu l'entendre avaler sa salive.

— Je ferai tout ce qui est possible.

— Très bien. Tenez-moi au courant de la date de signature.

— Il faudra que nous allions sur le continent…

— Nous signerons ici. Je dépense quatorze millions de dollars, mademoiselle Chase. Je suis certain qu'ils peuvent faire le déplacement.

— Bien sûr. Je vais les en informer.

— Si vous pouviez me faire parvenir un accord écrit aujourd'hui, je vous en saurais gré. Je dois organiser les choses.

Lorsqu'elle l'eut assuré qu'elle enverrait la lettre, Jared la remercia et termina la conversation, replaçant son téléphone sur la table de chevet. Il passa un bras autour de Lizzie et la serra contre lui.

— Quels plans dois-tu faire ? interrogea-t-elle de la voix ensommeillée et sexy qu'elle avait le matin.

C'était l'une des choses qui lui avaient le plus manqué quand il pensait à elle et qu'ils étaient séparés. Qui cherchait-il à tromper ? Tout lui avait manqué quand il s'agissait d'elle et il était reconnaissant de s'éveiller ce matin avec la promesse qu'il serait avec elle pour toujours.

— Les plans pour notre mariage.

Elle s'appuya sur un coude, repoussant la masse de ses cheveux tombée sur son visage.

— *Notre* mariage ? Je croyais que tu achetais cet endroit pour qu'Alex et Jenny l'utilisent.

— C'est bien ce que j'ai fait et il sera tout à eux dès que nous nous serons dit « Oui ».

— Et quand mon mariage aura-t-il lieu ?

— Dans deux semaines à compter d'aujourd'hui.

Il fut ravi de voir que les yeux de Lizzie lui sortaient presque de la tête.

— Tu as perdu la raison ? Tu veux que je t'épouse dans *deux semaines* ?

— Tu as de la chance que je t'accorde autant de temps. S'il ne tenait qu'à moi, nous serions dans un avion pour Vegas aujourd'hui. Je me suis dit que tu voudrais probablement inviter ta famille et peut-être quelques amis.

— Deux semaines.

— Des amis de Jenny viennent tout juste de se marier après *deux jours* de fiançailles et ont réussi à organiser un magnifique mariage. J'imagine qu'avec deux semaines, nous aurons tout le temps nécessaire.

— Il faut que je retourne travailler lundi !

— Il va probablement falloir que tu demandes un peu de congés étant donné que tu viens d'apprendre que tu te maries dans deux semaines.

— Jared, tu es complètement fou.

— Je suis cinglé, barjo, excessif, complètement fou d'amour pour toi et maintenant que je t'ai de nouveau avec moi – et c'est là que tu dois être, devrais-je ajouter –, je veux te passer une seconde bague à ce doigt, et je le veux dans deux semaines à partir d'aujourd'hui.

Il l'embrassa, baissa la tête et l'embrassa encore :

— D'accord ?

Probablement parce qu'elle voyait à quel point il le désirait, elle répondit :

— D'accord.

— Tu pourras retourner travailler mercredi. Je t'y emmènerai. Nous avons tous les deux des choses à régler à New York. Et toi, mon amour, tu dois t'acheter une robe de mariée très sexy.

— Sexy comment ? demanda-t-elle avec un sourire faussement effarouché qui mit des frissons dans le cœur de Jared.

— *Scandaleusement* sexy.

— Je vais voir ce que j'arrive à trouver.

— Ma puce, je veux que nous nous disputions à ce sujet maintenant pour ne plus avoir à y revenir.

Elle retroussa les lèvres d'une façon adorable :

— Quelle dispute ?

— Celle à propos du fait que je veux payer pour tout ceci.

Lorsqu'elle commença à répliquer, il pressa un doigt sur ses lèvres.

— C'est moi qui la paie, Lizzie.

— Tu ne vas pas payer ma robe.

— Je me charge de tout payer.

— Non, certainement pas.

— Lizzie.

— Jared.

Le regard qu'elle lui lança ne laissait de place pour aucune négociation.

— S'il te plaît ? Cela me rendrait heureux de t'acheter une robe scandaleusement sexy.

— Et je t'aime pour cela, mais j'achèterai moi-même ma robe scandaleusement sexy et tu vas en tomber à la renverse.

— Je paierai le reste.

Il décida d'affirmer cela pour clore le sujet parce qu'il ne voulait pas vraiment continuer à en parler. Pas quand l'amour de sa vie se trouvait nu dans son lit. Il y avait tellement de choses plus intéressantes à faire que de parler.

— Tu peux te charger de tout le reste. Mais pour la robe, c'est moi.

— Très bien.

— Très bien.

— On peut baiser, maintenant ? demanda-t-il.

Le regard hésitant qu'elle lui lança disait bien qu'elle avait quelque chose en tête.

— Quoi ?

— Pourquoi tu ne dis pas les choses comme tu le faisais avant ?

— Dire quoi ?

— Juste ce que tu viens de dire. Tu n'aurais jamais posé la question aussi poliment avant que je fiche tout en l'air entre nous.

— Tu n'es pas la seule à avoir rendu les choses difficiles, Lizzie, et j'ai toujours été poli.

Elle haussa un sourcil d'une façon hautaine qui le fit rire tout haut.

— OK. Peut-être pas *toujours*, mais je l'étais la plupart du temps, non ?

— Tu étais *naturel* avec moi et j'aimais ça. J'ai mis un peu de temps pour m'habituer à ta façon d'être « naturel », mais ensuite j'ai apprécié.

La main de Lizzie était posée à plat sur son torse, puis elle la laissa traîner en descendant vers le bas de son ventre, déclenchant une réaction en chaîne : érection pleine et prête en moins d'une seconde.

— Je l'aimais beaucoup.

Il comprit tout d'un coup ce qu'elle voulait dire et lui adressa un sourire vorace.

— Alors, comme ça, tu veux baiser ?

— *Et voilà !* s'exclama-t-elle en riant tandis qu'elle levait la main et prenait sa joue au creux de sa paume. Ne change pas ta manière d'être avec moi.

— Je n'en avais pas l'intention.

— Ne sois pas trop doux avec moi non plus.

Il tourna son visage qui reposait dans le creux de sa main et déposa un baiser au milieu de sa paume.

— Je ferai toujours très attention à toi. Tu m'as fait le plus grand des honneurs de ma vie en acceptant de m'épouser.

— C'est très gentil à toi de le dire, mais j'espère que tu sais ce que je veux dire. Je veux que tu sois *toi-même,* Jared. Comme tu l'étais auparavant et non pas une version prudente. Les choses ne vont pas nous éclater encore une fois à la figure. Nous ferons en sorte que cela n'arrive pas.

— Je t'ai comprise, ma chérie. Alors, on baise, oui ou non ?

Riant, elle répondit :

— Je ne sais pas si je peux. Je suis tellement endolorie après la gymnastique d'hier !

— Oh, mon bébé ! fit-il tout en l'embrassant du sillon de ses seins jusqu'à son nombril. Je peux m'arranger.

EPILOGUE

Deux semaines n'ont jamais passé aussi vite, pensa Elisabeth.

Elle se tenait devant le miroir en pied de l'une des chambres du premier étage dans la demeure Chesterfield, s'examinant une dernière fois d'un œil critique avant le moment le plus important de sa vie. La robe, en effet, était scandaleusement sexy, moulant étroitement ses seins et ajustée au plus près pour le reste. Si elle était assurément sexy, elle était également simple. Elle avait refusé robe après robe parce qu'elles étaient « trop », jusqu'à ce qu'elle trouve celle qui était juste à son goût. Pas de traîne, pas de rubans, pas de volants et elle l'adorait. Elle espérait seulement que Jared ne s'attendrait pas à quelque chose de plus sophistiqué.

Cette pensée résumait tous les doutes de dernière minute qu'elle avait éprouvés tandis que les jours filaient dans un débordement d'activités. Comme il l'avait promis, Jared avait quitté l'entreprise malgré les objections énergiques de ses partenaires qui allaient douloureusement ressentir son départ dans leurs portefeuilles. Mais Jared était resté déterminé à s'embarquer dans la vie qu'ils avaient planifiée tous les deux et les associés avaient finalement accepté sa démission.

Elisabeth avait donné un préavis d'une semaine au refuge et proposé qu'Aimée reçoive une promotion et la remplace. Le conseil d'administration avait donné son accord et, même s'ils regrettaient de perdre Elisabeth, ils étaient enthousiastes à l'idée de continuer à avancer avec Aimée aux manettes.

Jared avait signé l'achat du domaine Chesterfield la veille et tout était prêt de ce qu'il avait commandé sur le continent – et payé une petite fortune pour que cela soit acheminé à temps sur l'île : leur mariage serait le premier célébré dans ce nouveau lieu prestigieux.

En raison du peu de temps qui restait, ils n'avaient pas envoyé d'invitations, mais passé l'annonce par messagerie électronique, comme le couple moderne qu'ils étaient. Cette pensée avait donné à Elisabeth un beau fou rire. Il était moderne et branché. Elle était continuellement en train de se mettre à jour et de se maintenir à niveau. Elle avait l'impression que cela ne changerait pas après leur mariage, si bien qu'elle s'inquiétait de ne plus être à la hauteur au bout de quelque temps.

Pendant qu'elle bataillait avec ses appréhensions de dernière minute, elle essayait de ne pas faire attention au photographe qui immortalisait chacune de ses expressions. Il ne s'agissait pas de n'importe quel photographe. Oh non... Son fiancé, étant l'homme d'affaires qu'il était, avait donné les droits exclusifs de leur mariage à l'un des meilleurs magazines internationaux couvrant ce genre d'événements : des images d'eux deux et de l'endroit génial où se déroulerait le mariage attireraient à Chesterfield plus de commandes qu'ils ne pourraient en gérer.

Elisabeth avait donné son accord en stipulant que l'équipe de photographes et du magazine resterait en arrière-plan pendant toute la journée. Jusqu'à présent, ils avaient été parfaits et avaient respecté les limites imposées.

Un coup frappé à la porte précéda l'entrée de sa sœur et de ses parents dans la pièce.

— Oh, waouh ! s'exclama Mélanie en découvrant sa sœur fin prête.

Jared avait insisté pour fait venir coiffeur et maquilleur sur l'île pour le grand jour, afin qu'elle puisse être aussi choyée qu'elle l'aurait été à New York. Parce qu'elle voulait être belle pour lui, elle avait choisi de ne pas protester et ne pouvait nier que les professionnels avaient réalisé un chef-d'œuvre.

Ses cheveux avaient été laissés libres autour de ses épaules comme il les aimait, arrangés en boucles douces retenues à l'arrière de sa tête par une simple barrette. De minuscules fleurs venues des jardins Chesterfield avaient été tressées avec art dans sa coiffure tandis que son bouquet de mariée se composait d'hortensias blancs qu'Alex était allé cueillir pour elle. Mélanie, qui était sa demoiselle d'honneur, avait choisi pour elle-même une robe couleur pervenche et tenait dans ses mains des fleurs d'hortensia d'un bleu profond et pourpre.

— Comment est-ce que ça se passe en bas ? demanda Elisabeth à sa famille.

— Tout a l'air charmant, ma chérie, répondit sa mère en se tamponnant les yeux. Je n'arrive pas à croire que vous ayez organisé tout cela aussi rapidement.

— Je n'y suis pas pour grand-chose, commenta Elisabeth. C'est surtout Jared.

— C'est un homme bien, coupa son père d'une voix rauque. Il va prendre bien soin de ma petite fille.

— Certainement.

De cela, elle était sûre et, parce qu'elle le pensait, le reste de sa nervosité disparut. Tout allait bien se passer tant que Jared et elle affronteraient ensemble les défis qu'ils rencontreraient.

— C'est l'heure, intervint Mel. Tu es prête ?

La vie avec Jared serait aussi éloignée que possible de celle qu'elle s'était imaginé vivre, mais elle ne doutait pas que ce serait une merveilleuse aventure.

— Je suis prête.

~

Elle lui coupa tout simplement le souffle. Regardant Lizzie venir vers lui au bras de son père, Jared ne pouvait que fixer avec ébahissement la femme avec laquelle il allait passer le reste de sa vie. Elle s'approchait de lui, avec un sourire éblouissant et confiant : il sut qu'il lui aurait été impossible de choisir quelqu'un d'autre. Comme il l'avait demandé, sa robe était *scandaleusement* sexy. Si elle n'était pas revenue vers lui, s'ils n'avaient pas arrangé les choses entre eux, il ne se serait jamais marié. De cela, il était certain maintenant.

Il avait demandé à David d'être son témoin, surtout à cause du rôle que son ami avait joué en empêchant Lizzie de s'en aller. L'autre raison de ce choix était que l'excellent médecin avait été le premier ami sincère que Jared s'était fait depuis qu'il était devenu riche et avait vu sa vie entière changer, pratiquement en l'espace d'une nuit.

Ses parents et sa fratrie étaient assis au premier rang, regardant ce qui se passait, mais il ne se sentait pas aussi proche d'eux qu'il l'avait été avant que l'argent ne vienne tout changer. L'un de ses objectifs était de se rapprocher d'eux dans un avenir proche, mais pas aujourd'hui. Non, aujourd'hui n'était que pour Lizzie et leur nouvelle vie ensemble.

Lorsqu'elle arriva près de lui avec son père, Jared serra la main de ce dernier et présenta son bras à Lizzie avant de se tourner vers le juge Frank McCarthy qui avait accepté très volontiers de les marier à l'endroit qu'ils avaient choisi et d'où l'on voyait l'océan.

Parmi leurs invités il y avait la nombreuse bande d'amis que Jenny leur avait présentés lors d'un enterrement de vie de garçon et de fille impromptu qu'Alex et elle avaient organisé pour eux le week-end précédent. Jared et Lizzie s'étaient immédiatement sentis adoptés par la bande des amis de Jenny sur l'île, parmi lesquels se trouvaient les frères McCarthy et leurs épouses/petites amies/fiancées ; monsieur et madame McCarthy ; leur fille Janey et son mari, Joe ; l'amie décoratrice de Jared, Sydney Donovan, et son mari, Luke Harris ; le chef de la police de l'île, Blaine Taylor, et son épouse, Tiffany ; Dan Torrington et sa fiancée, Kara Ballard ; Owen Lawry et sa fiancée, Laura McCarthy. Jared et Lizzie s'étaient tellement bien amusés avec eux qu'ils les avaient invités à se joindre aux festivités du mariage.

Lizzie avait également insisté pour inviter Ned Saunders, le chauffeur de taxi qui avait été si gentil avec elle, et sa fiancée, Francine. La petite troupe des nouveaux amis était juste une autre raison pour laquelle Jared avait hâte qu'ils s'installent dans leur nouvelle vie sur l'île de Gansett, ce qui se passerait après qu'il aurait enfin emmené son épouse à Paris.

Elle lui tenait la main et lui souriait en écoutant le juge McCarthy parler de mariage et d'engagement, de l'importance de l'amour et qu'il fallait rire chaque jour ; puis il leur fit prononcer les vœux traditionnels et échanger les anneaux. Enfin, il les déclara mari et femme, Jared l'embrassa et elle lui rendit son baiser ; et il put dire, en toute honnêteté, que c'était, sans aucun doute, le plus beau moment de sa vie.

Cette ardeur joyeuse les accompagna tout au long de la fête qui suivit – appeler réception ce qui se déroula sur la pelouse des Chesterfield cet après-midi-là aurait été bien en dessous de la réalité. Jared savait qu'il n'oublierait jamais la façon dont elle avait souri toute la journée. Il se souviendrait toujours de ce qu'il ressentit en la tenant dans ses bras quand ils dansèrent pour la première fois en tant que mari et femme. Et il n'oublierait jamais la manière dont elle l'avait regardé avec tant d'amour lorsqu'il l'avait portée jusqu'au second étage vers la suite que Sydney avait décorée pour leur lune de miel en un temps record.

Lorsqu'il lui eut fait franchir le seuil, il ne fit pas un mouvement pour la reposer sur le sol. Au contraire, il étudia son visage magnifique, essayant d'enregistrer dans sa mémoire chaque détail de ce qu'il voyait juste à ce moment-là.

— Heureux ? lui demanda-t-elle après un long silence.

— Je n'ai jamais été plus heureux de toute ma vie.

— Moi non plus.

— Je vais te rendre heureuse chaque jour, Lizzie. Je te le promets.

— Je te promets la même chose.

Souriant, il fit remuer ses sourcils d'une manière suggestive :

— Tu veux baiser ?

Elle lui sourit, mais elle fit non de la tête d'une manière délibérée.

Il se figea.

La main de Lizzie vint caresser doucement son visage :

— Non, Jared. Ce soir, je veux faire l'amour.

Rassuré que toutes les questions aient trouvé leur réponse et d'avoir une vie entière à passer avec elle, il l'embrassa doucement et tendrement.

— Ça, je peux le faire, mon amour. Ça, oui.

AUTRES LIVRES DE MARIE FORCE

La Série Quantum

Livre 1: Virtuous

(Flynn & Natalie)

Livre 2: Valorous

(Flynn & Natalie)

Livre 3: Victorious

(Flynn & Natalie)

Livre 4: Rapturous

(Addie & Hayden)

Livre 5: Ravenous

(Jasper & Ellie)

Livre 6: Delirious

(Kristian & Aileen)

Livre 7: Outrageous

(Emmett & Leah)

Livre 8: Famous

(Marlowe)

L'île de Gansett

Livre 1: Quand on est fait pour l'amour

(Maddie & Mac)

Livre 2: Quand on est fou d'amour

(Joe & Janey)

Livre 3: Quand on est prêt pour l'amour

(Luke & Sydney)

Livre 4: Quand on rencontre l'amour

(Grant & Stephanie)

Livre 5: Quand on espère l'amour

(Evan & Grace)

Livre 6: Quand vient la saison de l'amour

(Owen & Laura)

Livre 7: Quand on aspire à l'amour

(Blaine & Tiffany)

Livre 8: Quand on attend l'amour

(Adam & Abby)

Livre 9: Quand Vient le Temps de l'Amour

(Daisy & David)

Livre 10: Quand on est Destiné à l'Amour

(Jenny & Alex)

Livre 10.5: Quand Surgit L'Amour

(Jared & Lizzie)

La série Rester à Flot

Livre 1: Rester à Flot

(Jack & Andi)

Titres Uniques

Cinq Ans Sans Lui

Un An Plus Tard

A PROPOS DE L'AUTEUR

Marie Force figure en très bonne place sur la liste du *New York Times* des auteurs les plus vendus avec des romances contemporaines, des romans à suspense et des romans érotiques. Parmi eux, les séries de *L'Île de Gansett, Fatal, Trading Water, Butler Vermont* et *Quantum.*

Elle a vendu près de dix millions de livres dans le monde entier, est traduite dans plus d'une douzaine de langues et a fait l'objet d'articles dans le *New York Times* plus de trente fois. Elle est également une des auteures les plus lues selon *USA Today* et le *Wall Street Journal*, ou encore le *Spiegel* en Allemagne.

Ses objectifs dans la vie sont simples : achever l'éducation de deux jeunes adultes heureux, en bonne santé et actifs ; continuer à écrire des livres aussi longtemps qu'elle le pourra et ne jamais se trouver dans un avion qui ferait la une des journaux.

Inscrivez-vous sur la liste de contacts de Marie pour être informé de la parution de ses nouveaux livres.

Suivez-la sur Facebook et sur Instagram. Rejoignez l'un des nombreux groupes de lecteurs de Marie. Contactez Marie sur *marie@marieforce.com.*